跨領域

威力加強版

國文開外掛

自從看了這本課本以後

細讀——看看作者對我們做了什麼　110

序：一張遊戲地圖

文／楊翠

這是一群傻子一整年的勞動結果。歷經無數次的天馬行空，無數次的創意撞擊，無數次的細節爭辯，終於，這群傻子獲得更多同盟者的俠義相助，將一個蹈空夢想，落實成為一本豐實的書冊。

一切始於二〇一六年歲末的一場聚會。最初的發夢者約了我和幾個年輕寫作者相聚，說要找大家來談談「國文教育」的問題。我以為是一個公開論壇，還準備了討論提綱，到了現場，看來是一場閉門會議，據說有開啟線上直播，但好像斷斷續續，後來大家就忘了直播這回事，各抒己見，討論熱絡。不過，近午時分，與會者大多另有他事，逐漸離去，結尾好像有什麼懸在那裡，沒有著落，沒被延展，只是誰也沒有說破。然後我們四方散去，回到自己的生活場域。

我確實以為，散去之後，所有的事情都將如舊。不都是這樣的嗎？我們這些人，一年到頭，這裡那裡，一場一場，講的時候，好像自己也被點燃，以為世界正在綻露嶄新光色，離場之後，世界復歸原樣。久而久之，我們覺悟，這便是這個世界的節奏；一再點燃，一再懸宕，然後，火花滅絕。

然而，這回，連我們自己都沒想到，一次又一次的聚會，一次又一次看似毫無生產性的、焦點經常渙散的無邊漫談，竟然就真的成形了。從二〇一六年歲末以來，我們的隊伍日漸壯大，除了小由、蔚昀、宥勳、婉婺，又加入陳艸、瀟湘、浩偉、昌政，最主要的，是奇異果出版社的年輕俠侶，之韻和定綱，他們從未缺席。沒見過這樣的出版社，完全不在意一本書的時間成本。

談著談著，我們發現，有一些什麼把大家栓在一起了。今年五月，我們決定集結成「深掘國文行動聯盟」，簡稱「深掘盟」。「深掘盟」仍然只是一個內部共識的行動團體，除了無數次的閉門會議、臉書封閉社團、臉書訊息群組，沒有大聲吆喝，沒有喧嘩張揚。又過了幾次會議，在一次語詞釋義無限展開的遊戲中，「深掘盟」多了一個別名，「深崛萌」，取其多義；深掘，深覺，崛起，覺醒，盟友，萌發，萌萌。

我們不是什麼翻牆組織，也不是嚴肅的倡議社團，我們結盟，是因為想一起完成一些事，如此而已。

一整年，我們頻繁聚會，幾乎是每隔兩週、三週就一次閉門會議，每次總要開上四、五個小時，每次總會有人天馬行空，發出奇思異想，但也每次總會有另外的人，從另一個奇想的側面，找到可以讓它落實的行動策略。我們先是一本書一本書討論，然後逐篇逐篇討論，再後來，甚至逐段逐段、逐字逐句討論，於是，「深崛萌」的第一個成果，《國文開外掛：自從看了這本課本以後……》憑空誕生了。

真的是憑空而生。一年前，我們誰也沒有想過，真的要「潦落去」做這件事，即使真的已經「潦落去」好久了，一起想像一本「國文課本」應該長成什麼樣子好久了，也從沒想過，我們這群年齡、職業、性情、才華各異的傻子，會真的「潦」出具體的東西來。

《國文開外掛：自從看了這本課本以後……》是「深崛萌」第一個集體勞動的結果。它不是一本教科書，也不是在質疑「國文課本」的存在價值，相反的，「深崛萌」是想邀請大家，一起來思考「國文課本」的各種可能性。

也可以說，《國文開外掛：自從看了這本課本以後……》是一張桌遊地圖，「深崛萌」是以拋問題的方式，提供各種不同路徑，你可以持著這張地圖，玩出屬於自己的閱讀與思考遊戲。

我們想要介入的，當然是國文課本，但又不僅是國文課本。我們想要深掘的，是文學教育究竟如何可能，通過文學教育所延伸的生命教育、情感教育、美感教育又如何可能。

在當前，國文課本，幾乎已經成為一個黑化的名詞，以及禁錮、填鴨、無聊的同義詞。

國文教育剩下形音義，作文範例只有起承轉合，國文課本成為一片只能蓄養瞌睡蟲的荒惡土地。即使我們不願承認，卻不得不面對這個事實。

國文教育與文學教育分離，國文課本是儒家道理雜貨店的變體，知識學問以子曰孟云為標的，文學修辭以成語運用為至高藝術。在這樣的荒惡田土中，教者、學者都奮力耕耘，卻很難長出美好花實。

有人說，這些年有不少變化了，創新教學、翻轉教育，都搞得很熱鬧啊，惡土荒地已經開始改良。但是，仔細看看那些所謂「創新」與「翻轉」，大都還是形式上的遊戲方式改變而已，況且，當「創新」與「翻轉」成為一種跟風流行，一種集體修辭，「創新」就不再具有創新的意義，「翻轉」也翻不了轉。在這個有著創意焦慮症的時代，我們眼見許多朋友，為了一次次的「創新」與「翻轉」，疲於奔命。

《國文開外掛：自從看了這本課本以後……》，不是一個「創新」教案，也沒有標榜「翻轉」，我們只是提供一張地圖，操演更多閱讀策略，讓每一個人都可以找到自己介入「國文課本」的路徑。

這本書提供兩種閱讀策略，「細讀」與「歪讀」。這兩種策略，又交織出無數種讀法，像萬花筒一樣，能夠自己轉動，就絢麗無限。「細讀」，是幾位文學專業的導覽，他們展演了專業讀者的閱讀策略，深入文本肌理，解析它想說什麼，說了些什麼，如何說什麼。「細讀」，既是顯微作品的思想紋理，也是拆解作品的藝術構建與裝置。「細讀」就是在證明，國文課本與文學教育之間，其實是可以如此密合。

如果「細讀」是文學地圖的深耕，那麼，「歪讀」就是文學地圖的擴寫。「歪讀」，可以看成一種對話式、混搭式的閱讀方法，比如說用說話技巧來讀〈出師表〉，用性別觀點來讀〈長干行〉，用音樂視角來讀〈琵琶行〉，用哲學反思來讀〈師說〉。這種「歪讀」，開展作品的新生命，見證了文學的跨時性能動量。

如果現有的國文課本是一個「唯讀」檔案，只能單向度閱讀背誦，無法對話、深耕、擴寫，那麼，「細讀」與「歪讀」，就是雲端共寫檔案，不同的主體，循走不同的道路，即使前往同一個地點，路邊所見也都不同，主體的心領神會，更是各有風景。

《國文開外掛：自從看了這本課本以後……》這張遊戲地圖，是「深崛萌」的邀請，無論深耕或擴寫，顯微或混搭，我們一起來翻整惡土荒地，一起「對國文課本做些什麼」。

導讀：國文（沒）對我們做什麼

文／朱宥勳

《國文開外掛：自從看了這本課本以後……》這本書，是從一個「分裂」的態勢中誕生的。

所有臺灣出身的文學作家，在養成過程裡，一定都聽過前輩講過：「文學寫作跟作文完全不一樣。」或者「國文課教的觀念有問題，文筆好壞不是看修辭。」之類的話。長久以來，「文學圈」和「教育圈」就這樣分裂成兩個區塊。這是臺灣獨有的奇景，應該教導閱讀寫作的科目，跟真正在閱讀寫作的人之間，有著巨大的鴻溝。大家長久以來對此心知肚明，卻也一直沒人能徹底解決這個問題。

此中拉扯，就產生了環繞著國文課之不足而形成的各式各樣「補充機制」。因此，雖然臺灣的文學出版銷量一直不高，但整個教育產業卻很願意投資各種文學活動。大多數的中學都有校刊，長年在校園內設立文學獎的高中、大學也為數眾多。部分的學校也會舉辦文學營隊、延請作家到校演講。這些補充國文課之不足的「文學投資」之廣泛，甚至已取代版稅和稿費，成為許多文學作家收入結構的主要部分了。

另外一個顯著的「補充機制」，則發動於同時遊走於文學圈與教育圈的一小群人——他們通常本身是創作者，也有教育工作的經歷，這樣的交集，讓他們出版了一系列著作，針對現行的國文課本進行補充或延伸。從二〇〇八年凌性傑、吳岱穎合著的《找一個解釋》開始，乃至近年的拙作《學校不敢教的小說》、祁立峰的《讀古文撞到鄉民：走跳江湖欲練神功的國學秘笈》和陳茻的《地表最強國文課本 第一冊：翻牆出走自學期》，基本上可以視為一組出版上的「小傳統」。這些書都融合了文學創作者的文學見解以及教育工作者的教學理念，形成數種路數不同的「國文課本的外掛程式」。

這類「外掛程式」不斷地出版，且始終具有穩定的銷售能量，透露了兩種需求：一是來自文學人的，對現行國文教育的不滿，希望能夠出版來補足課本之缺漏；二是來自讀者的，他們渴求更深刻的文學知識，但學校內的國文教育顯然無法提供。

你手中的這本《國文開外掛：自從看了這本課本以後……》，也可以視為同一個脈絡的產物。但我們採取了一種跟前述幾本書比較不同的切入點。前述的「小傳統」，基本上是「由文學人寫成的外掛程式」，著重在更深刻的文本分析與義理闡發，本書的第二部分「細讀——看看作者對我們做了什麼」就繼承了這條路線。但我們的思路，卻不只是要寫這樣的「外掛程式」而已，而是希望可以直接「擴充國文課本的功能」。

因此，《國文開外掛：自從看了這本課本以後……》邀請了來自各個不同背景的作者群，從他們各自的專業來分析一篇國文課本裡的文章，組成了本書的第一部分「歪讀——非文學讀者的文學意見」。誰說文學作品只能使用文學人的讀法？閱讀本來就是多元的，作品總是會遇上各式各樣的人，從而激盪出不同角度的迴響，這才是現代公民社會的常態。文學從來不只是作家和教授的私人嗜好，它也可以有廣泛的公共性，有寬闊的詮釋空間，從而能帶給我們更多啟發。

質言之，雖然我們也對現行的國文課本不完全滿意，但這本書的目標卻不是全盤否定國文課本，而是試著讓它能發揮更大的威力。

這可以濃縮成兩個問題，對應到本書的兩個部分：國文課本對我們做了什麼？國文課本還有什麼能對我們做，卻還沒做的？

於是有了本書第一部分的六篇「歪讀」，「歪」者，指的是非正統，卻不是胡亂解讀，而是透過意想不到的「人／文」組合，賦予了數十年不變的傳統篇章新的意義，使老梗發出新芽。具有豐富政治公關經驗並以「人渣文本」的筆名成為國內知名政論家的周偉航，專文分析了〈出師表〉，指出劉禪與諸葛亮特殊的權力結構，作為君王的劉禪其實處處受制於作為臣子的諸葛亮，而這篇文章更帶有一種「把『命令』講成了『懇求』」的語言技巧，並不是主流詮釋的那樣，純粹是老臣的苦心孤詣。研究親密關係的性別研究者蔡宜文則帶我們回到〈長干行〉的歷史脈絡裡，指出我們用現代的「浪漫愛」概念理解古人的情感，可能反而遮蔽了這是「誰需要的浪漫」。愁的怨的，真的是詩中的女性嗎？陳茻除了是國文老師，也同時是樂團主唱，因此從中國古代的音樂和詩歌觀點切入，討論〈琵琶行〉中的同情共感，是跨越了怎樣的階級背景。藏書家活水來冊房黃震南收藏了無數珍稀的臺灣早期文獻，在本書中以「前後政權一致讚揚的奇文」為題，談〈臺灣通史序〉這篇文章如何在日治時代的殖民環境中，呈現出了知識分子夾縫求生存的努力。在新版課綱將這篇文章移出「推薦選文」的背景下，這篇文章或能帶來一些提醒。哲學普及推廣者朱家安長年推動哲學教育，此次便以〈師說〉為範例，示範如何捕捉、確定作者所使用的抽象概念是否融貫，論述是否清晰。臺語研究者鄭清鴻則從〈一桿稱仔〉談起，思考日治時期曾經盛極一時的「臺灣話文」在當代的閱讀脈絡下該如何理解，以及如何突破單一「國語」的想像，建構更多元的語文環境問題。

而第二部分的「細讀」則透過文章的細緻詮解，闡發與傳統國文教科書不同的見解，加深讀者的閱讀體驗。「厭世哲學家」是廣受歡迎的文學粉絲專頁作者，在本書中分析〈墨子選．公輸〉的精彩攻防，特別是對墨子的「第二場心理戰」之詮釋，出乎意料卻在情理之中，令人十分驚艷。精熟二次元文化的小說家瀟湘神，同時也是東方哲學的研究者，以動漫常見的

「熱血」概念破題，來詮釋孟子的思想，做了非常細膩卻又清晰的概念梳理。教育改革家史英提倡一種「從反面切入」的讀法，從三個關鍵句的提問與對話，翻轉〈賣油翁〉的傳統詮釋，讀出新意。翻譯家、作家林蔚昀以廖瞇的詩集《沒用的東西》與陶淵明〈桃花源記〉對照，探討這種體制外的桃花源，究竟是逃避還是追求？又是在逃避或追求什麼？劇作家簡莉穎從「好故事的基本架構」說起，分析〈虬髯客傳〉中的每一個角色為什麼吸引人，而這樣的好故事又為什麼成為一代代創作者不斷汲取靈感的來源。散文作家、文學評論家盛浩偉則以「鬼腳圖」的遊戲，圖解琦君〈髻〉的寫作手法，不但讀出文章中寫出來的部分，更指引讀者去注意被作者「化繁為簡」所「化」掉的，沒有寫出來的部分。而在本書最末，拙作也以小說寫作中「用動作帶情感」的技巧，討論〈左忠毅公軼事〉的精巧佈局。

二〇一七年下半年，由於一〇八課綱的制定，國文科的「文言、白話之爭」一躍成為熱門話題，諸種論述激烈交鋒。即便在本書的作者群當中，也不是所有人都對此議題有一致的立場。然而，無論論述交鋒如何激烈，希望能讓國文課本變得更好、彌縫國文科與當代脈絡的「分裂」態勢，都是我們共同的目標。

《國文開外掛：自從看了這本課本以後……》不是一本批判之書，而是一本支援之書。面對一〇八課綱的全新挑戰，新的教學理念與舊的體制結構互相拉扯，我們試圖從中找到出路與平衡點，捲動更多關心文學教育的人，引入更多思考資源，一起參與這波方興未艾的改革。

國文課本還能對學生做更多事，產生更多好的事情與影響。我們能一起讓它成真。

歪讀

非文學讀者的文學意見

第一課

不讓他長大：〈出師表〉

文／人渣文本（周偉航）

諸葛亮〈出師表〉

臣亮言：先帝創業未半，而中道崩殂。今天下三分，益州疲敝，此誠危急存亡之秋也！然侍衛之臣，不懈於內；忠志之士，忘身於外者，蓋追先帝之殊遇，欲報之於陛下也。誠宜開張聖聽，以光先帝遺德，恢弘志士之氣；不宜妄自菲薄，引喻失義，以塞忠諫之路也。

宮中、府中，俱為一體；陟罰臧否，不宜異同。若有作奸、犯科，及為忠善者，宜付有司，論其刑賞，以昭陛下平明之理；不宜偏私，使內外異法也。

侍中、侍郎郭攸之、費禕、董允等，此皆良實，志慮忠純，是以先帝簡拔以遺陛下。愚以為宮中之事，事無大小，悉以咨之，然後施行，必能裨補闕漏，有所廣益。將軍向寵，性行淑均，曉暢軍事，試用於昔日，先帝稱之曰「能」，是以眾議舉寵為督。愚以為營中之事，事無大小，悉以咨之，必能使行陣和睦，優劣得所。 親賢臣，遠小人，此先漢所以興隆也；親小人，遠賢臣，此後漢所以傾頹也。先帝在時，每與臣論此事，未嘗不歎息痛恨於桓、靈也。侍中、尚書、長史、參軍，此悉貞亮死節之臣也，願陛下親之信之，則漢室之隆，可計日而待也。

臣本布衣，躬耕於南陽，苟全性命於亂世，不求聞達於諸侯。先帝不以臣卑鄙，猥自枉屈，三顧臣於草廬之中，諮臣以當世之事；由是感激，遂許先帝以驅馳。後值傾覆，受任於敗軍之際，奉命於危難之間，爾來二十有一年矣！先帝知臣謹慎，故臨崩寄臣以大事也。受命以來，夙夜憂歎，恐託付不效，以傷先帝之明，故五月渡瀘，深入不毛。今南方已定，兵甲已足，當獎率三軍，北定中原，庶竭駑鈍，攘除奸凶，興復漢室，還於舊都。此臣所以報先帝，而忠陛下之職分也。至於斟酌損益，進盡忠言，則攸之、禕、允之任也。

願陛下託臣以討賊興復之效；不效，則治臣之罪，以告先帝之靈。若無興德之言，則責攸之、禕、允等之慢，以彰其咎。陛下亦宜自謀，以諮諏善道，察納雅言，深追先帝遺詔。臣不勝受恩感激。今當遠離，臨表涕泣，不知所云。

倫理學者總是企圖在和諧的表象中找出某些不安的因子。這不是為了要找某些人的麻煩，而是不挑出這些潛在危機，可能造成更大的麻煩。在分析各式各樣的「家事、國事、天下事」時，有個很好用的概念，是中文使用者相對不熟悉的，就是「人格完整性」。

人格完整性，指人擁有健全的道德判斷能力，並依特定的價值系統整合外在行動。這其實和孔子所說的「吾道一以貫之」差不多，你有明確的中心思想，然後所做所為都繞著這中心展開。

雖然看來是很基本的事，但要培養出人格的完整性，需要充分尊重人的自主權，並讓他自行承擔錯誤行為的後果。如果你總是基於「為了他好」而干預他人的判斷與行動，代其做主，那他就永遠都長不大，也就不會有完整的人格。

在這個概念的影響之下，西方人多半認為小孩只要成年，就該滾出家門，不論是工作或求學都應該自己下決定，並且為此負責；相對來說，在東方社會裡，就算你活到五十歲，父母還是會覺得你「不懂事」，仍會干涉你的婚姻或工作，甚至食衣住行等一切小事都管。美其名是關愛，但你也很清楚這種關愛還是多少造成了傷害。

我們接著就要看到發生在約一千八百年前的著名案例。主角是二十歲的「小大人」，以及四十六歲，負責照顧前者的「奶爸」。他們的名字分別是劉禪與諸葛亮。

每句話背後的深層暗示

時間是西元二二七年，三國時代。蜀漢後主劉禪已登基四年，在這四年裡，諸葛亮掌握了蜀漢的軍事與政治權力，他先穩定兵敗東吳之後的亂局，而後有效控制南方的叛亂者。他判斷戰略形勢已經轉變，所以著手推動前任皇帝劉備未竟的事業，就是向北進軍，試圖從曹魏手中奪取關中地區。

但這場仗不好打。北方的曹魏是大過蜀漢數倍的強敵，而日漸長大成人的劉禪，也可能趁諸葛亮揮軍北進之際，在後方「搞東搞西」。無法放心的諸葛亮，於是寫了一封公開信給劉禪。這就是聞名後世的〈出師表〉（〈前出師表〉）。

〈出師表〉的主旨，是宰相諸葛亮出征前，交給後主劉禪的「執政備忘錄」，但意思並不是「謹供參考」，而是「命令」。諸葛亮名義上是「臣」，劉禪是「君」，臣對君下命令，只怕「社會觀感不佳」，有損諸葛亮的英明形象，因此諸葛亮在〈出師表〉中用了許多語言技巧，把「命令」講成了「懇求」，不但無損於既有地位，反而還新增了不少分數，更讓他在千餘年之後，仍享有忠良能臣的正面形象。至少許多現代的華人在求學期間，都還是被要求背誦這篇文章。

在〈出師表〉中，諸葛亮先說明了當前局勢的不利之處，強調蜀漢沒有「擺爛」的空間，而劉禪的大臣們看在他老爸劉備的面子上，都還是很挺他，所以諸葛亮勸劉禪應公平對待宮庭與宰相府，以免起爭議。

其次，諸葛亮提到有哪些人可以用。雖然沒講哪些人不能用，但他也用劉備的嘴警告劉禪要遠離小人。再者，他也提及自己和劉備的深厚關係，並且表明南方已經搞定，現在要去處理北方問題，而這不是亂打，是要完成劉備的遺願。

整體來看，諸葛亮要告知劉禪的，不外乎就是在他遠征北方之時，蜀漢的大後方不能亂。當然，這不是光講講而已，諸葛亮有放一些「自己人」留守，劉禪只要配合就好了，別搞一些有的沒的。

諸葛亮的用詞謙恭，看來是懇求或規勸，完全是個力挺後主的暖男，不過他的每句話背後幾乎都有深層的暗示。像他說「此誠危急存亡之秋也」，暗指「你自己要注意點，沒有亂的本錢」；說「宮中府中，俱為一體」，暗指「我知道你們在搞自己的」；說「是以先帝簡拔以遺陛下」，暗指「這些人你非用不可」；而講「三顧茅蘆」舊事，是暗喻自身等級不同，「是你爸求我，不是我求你爸」；講北伐是劉備遺願，其實是想說「這戰非打不可，沒有你反對的空間」。

動不動就搬人家老爸出來，不免會讓聽的人有點壓力，因此諸葛亮最後也補充說明，如果他失敗了，或他的留守人馬沒有用，大可處罰他們，「但是」，之後劉禪你，就好自為之了。

缺乏選擇空間的為你好

就文字表現來說，這篇文章的確有一定程度的文學價值，也留下了「臨表涕泣，不知所云」這句現代人也很愛用的名句（雖然多半是用以諷刺看不懂的文章），但文章本身也傳達出很深沉的無奈感。不只是諸葛亮的無奈，也包括劉禪的無奈。

我們不妨換個角度，從劉禪的角度來看這篇文章。諸葛亮說得雖然客氣，劉禪卻沒有選擇的空間；若要臨表涕泣，我想劉禪應該哭得更大聲。為什麼呢？

如果劉禪聽諸葛亮的建議去做，那成功算諸葛亮的，一代名臣啊！那失敗呢？劉禪就得自己想辦法，但已經沒人救得了你，因為你沒有可用之人。

若劉禪不聽諸葛亮的建議去做呢？若做出一番成就，那就會產生一山兩虎的問題，如何面對諸葛亮的大軍與一干能臣呢？如果自己做，卻失敗了，只怕會是最差的後果：劉備說過，如果劉禪不濟事，諸葛亮可取而代之。

說是選擇題，卻只有一個答案。奶爸幫他安排的好好的標準答案。

這樣好嗎？依照事後的歷史發展，諸葛亮在七年後過世，劉禪接手的仍是一個諸葛亮「安排妥當」的國家。他雖然展現出一些委屈求全的政治智慧（這很可能是在和諸葛亮的互動中培養出來的），但他的個人能力卻無法改變這個小國的命運。他最後選擇降魏，以安樂公的身分過著「樂不思蜀」的快意生活，但這樣真的好嗎？劉禪小的時候是看別人臉色，就算到五、六十歲，還是習慣性的看強者臉色，就算諸葛亮的一切設計是出自於對劉禪的關愛，那這樣的結果，又會是諸葛亮想要的嗎？

若要評價〈出師表〉，倫理學家很可能不會給太高的評價。就算諸葛亮的目標是中興漢室而非為了自己的政治利益，但就手段面來說，他都沒給劉禪「做一個完整的人」的機會。說是為他好，但其實害了他。

整體來講，〈出師表〉在美學層面上仍是一篇精采的文章，但也證明了善意與美好的規劃，不見得能和道德正當性建立連結。

問題與討論

一、在現代生活情境中，不難碰到「好為人師」、「好為人父」的傢伙，請談談與這些人的互動過程中，讓你印象最深刻的不愉快經驗，並說明這對你造成了何種影響。

二、你認為公開信是一種良善的溝通方式嗎？私下好好講與公開對大眾闡述兩人關係，差別在哪裡？何者在道德上更可能是正確的做法？

延伸文本

一、〈後出師表〉（可能為偽作）。

二、陳琳〈討曹檄文〉。

三、麥克阿瑟〈麥帥為子祈禱文〉。

第二課

誰的「鬧」，誰的「怨」……

〈長干行〉的浪漫與不浪漫

文／蔡宜文

李白〈長干行〉其一

妾髮初覆額，折花門前劇；郎騎竹馬來，遶床弄青梅。
同居長干里，兩小無嫌猜，十四為君婦，羞顏未嘗開。
低頭向暗壁，千喚不一回。十五始展眉，願同塵與灰。
常存抱柱信，豈上望夫臺。十六君遠行，瞿塘灩澦堆。
五月不可觸，猿鳴天上哀。門前遲行跡，一一生綠苔。
苔深不能掃，落葉秋風早。八月蝴蝶來，雙飛西園草。
感此傷妾心，坐愁紅顏老！早晚下三巴，預將書報家。
相迎不道遠，直至長風沙。

李白〈長干行〉其二

憶妾深閨裡，煙塵不曾識。嫁與長干人，沙頭候風色。
五月南風興，思君下巴陵。八月西風起，想君發揚子。
去來悲如何，見少別離多。湘潭幾日到，妾夢越風波。
昨夜狂風度，吹折江頭樹。淼淼暗無邊，行人在何處。
北客真王公，朱衣滿江中。日暮來投宿，數朝不肯東。
好乘浮雲驄，佳期蘭渚東。鴛鴦綠蒲上，翡翠錦屏中。
自憐十五餘，顏色桃花紅。那作商人婦，愁水復愁風。

中國流傳至今的那些古代詩文，有記載作者的，男性作者比女性作者多出好幾倍。但在這種情況之下，中國的「閨怨」詩詞卻數量能夠多到自成一類，而且多數是男性作者以女性的口吻或角度來鋪陳其故事，李白的〈長干行〉就是一例。

〈長干行〉共有兩首，第一首的劇情由髮初覆額的女孩出發，描繪一段婚姻的展開。從繞床弄青梅，到羞顏未嘗開；從願同塵與灰，到坐愁紅顏老。第二首則是描述一個原本連煙塵都不識的女子，成為商人婦以後，每天在風沙之地等候丈夫的故事。基本上將一個商人婦的形象從活動可愛的少女、羞澀的少婦、癡情的怨婦都給湊齊了，躍然紙上。讓人感嘆李白入戲的功力，幾乎讓人相信，他作為敘事者，就是那一個癡情等待夫君的商人婦。

男人寫的閨怨真的是閨怨嗎？

但李白終究不是那個商人婦。就像我們第一段所講的，閨怨詩往往出之於男人的手與口，卻常常以一個「演出女性」的方式呈現。這當中有許多名篇，其本意根本不是因為「閨怨」本人，而是秉持著中國「以物寄懷」的傳統，描述自己當前的仕途，將君臣或是臣子之間的關係，轉換成丈夫跟妻子之間的關係。

例如說張籍〈節婦吟〉中有個大家耳熟能詳的句子「還君明珠雙淚垂，恨不相逢未嫁時！」表面上看起來，是指貞節婦人拒絕追求者的故事，看得出他並非對追求者無意，只是「恨不相逢未嫁時」，這句話有情有節，該有的都有了，但這首詩原本的附標是「寄東平李司空師道」，也就是說這首詩其實是寄給當時擔任司空的李師道；李師道是當時的權臣、藩鎮，也就是說這其實是一首拒絕被藩鎮網羅的詩，標題的「節婦」指的就是張籍自己，而「還君明珠雙淚垂」的「君」指的就是李師道。

別想歪，這並不是指張籍跟李師道之間一定有什麼不可告人的秘密戀情。以女子的閨怨來抒懷或比喻自己的政治生活，早在屈原的〈離騷〉、司馬相如的〈長門賦〉都能看見端倪，而白居易則更明白地在〈琵琶行〉中看到商婦被冷落被遺棄的怨後，寫出了「同是天涯淪落人，相逢何必曾相識。」這些例子都可以看出，男性寫閨怨詩沒什麼了不起的，男性用女人的閨怨來各種明喻隱喻自己的政治生涯，更不少見。

而在這樣的前提下，李白的〈長干行〉就顯得有趣了。因為幾乎沒有任何跡象顯示，〈長干行〉是在李白政治落魄的時候寫的。李白寫長干行的時候還很年輕，正四處遊歷，還沒被「賜金放還」更沒有被流放夜郎，連京城都還沒進去。所以至少就表面上來看，李白還沒有什麼需要「怨」的事情，所以這首詩可能就是真真正正地在描述一個商婦的怨。

女人的愛、怨、愁

我們無法真正猜出作者寫某部作品的原因，這個推測只是讓我們可以先單純以一個商婦的「怨」來看〈長干行〉。

我們如果用現代人對於愛情的認知與想像來看〈長干行〉，從敘事的口吻到故事情節，應該會讓人覺得頗浪漫的：兩人青梅竹馬兩小無猜，後來成為夫妻，從羞澀到深情，丈夫遠行而妻子在家守候，等待丈夫歸來將不遠相迎。

但在這邊，我要先請大家回想任何一部你看過的古裝戲，想著裡面男女主角浪漫的愛情故事，然後把這些劇情忘掉。現代人在看古代的愛情故事時，常常忽略「古代人想的跟你不一樣」。對於現代人而言，「自由戀愛」或是「因為相愛而結婚」這種想法是再習以為常不過的，但自由戀愛的思潮一直到五四運動才逐漸在中國流傳。在這之前，多數的婚姻是「父母之命，媒妁之言」，跟夫或妻本人的自由意志一點關係都沒有，所以，若我們從當時的戀愛及婚姻關係來看，〈長干行〉又可能是怎麼樣的故事呢？

從詩句中，我們至少可以得到兩個資訊：第一，從各種思念與期待早點見到伴侶的描述，都可以看出，至少在作品中，作者描述的妻子對丈夫有情的。第二，而從「哀」、「愁」、「悲」

等詞的使用，都可以看到妻子對於丈夫遠離之憂愁、哀傷。這兩個資訊，在故事劇情中看來環環相扣，正因情深所以遠離時悲傷。

先從「有情」來談。基本上在唐朝，無論這首詩的男女主角有情或無情，只要家中長輩決定他們要結婚，他們就必須要結婚。唐朝是十分注重「孝道」的朝代，這裡的孝道並不是我們所想的「孝順父母」這麼簡單的事情而已，唐朝的孝道是對於管理家中事務的人（通常是祖父母、父母）百分百的服從[註1]，包括婚姻[註2]。這並不是說李白就騙人，女主角一定沒有真感情。女主角強烈「愛著」男主角仍然是非常有可能的，無論他們是青梅竹馬，可能很小就定親，認定是彼此的狀況下相處，還是詩中所描述的，在結婚後，女主角越來越愛男主角到可以一起化為塵灰的程度。

這兩者都是非常有可能的，在唐朝時因佛教傳入的緣故，有所謂的「姻緣天定說」[註3]，也就是男女為夫妻是源自彼此前世之因緣，也就是說即使是父母之命，媒妁之言而成的婚姻，也是「天造地設」。如果你是個十四歲的女孩子，從小接受「丈夫是自己的天」的教育，再加上「姻緣天定說」的流傳，你確實會非常容易「愛上」自己的丈夫，即使你可能沒有辦法見到他幾次面，可能聚少離多。

即使，他可能不只有你一個。

為了方便稱呼，上面我都使用「丈夫」跟「妻子」，但其實沒有任何證據證明這兩首詩的女主角是男主角的妻，他也有很大的可能性是男主角的妾。什麼是「妾」？這裡的妾，並不是國文課本注釋中提到對女性的謙稱，而是中國流傳已久的婚姻制度——也就是丈夫除了妻子以外的合法配偶。妾在家族中的地位相較於妻低，不需要明媒正娶，並且可通買賣，基本上和當時的僮僕奴婢並沒有什麼差別。

無論是妻是妾，他總是等著自己的丈夫，這點是沒錯的。

但，這名女子他能有別的選擇嗎？

我們就要談談，女子的「愁」。

為什麼要特別說這名女子是個商人婦？在唐朝，商業逐漸發達，商賈的頻繁活動[註4]也讓商人妻妾成為了不少閨怨詩的主角，像是上文提到的〈琵琶行〉。同時，在唐朝時，雖然說妻妾的地位看似嚴明，並且受到法律及禮儀上的規範，仍然不乏有人因「寵妾滅妻」而受到責罰[註5]。商人在經商致富後社會地位逐漸提高[註6]，有更多妻妾，而其受到輿論或皇權的箝制更小。無論是妻或妾，若不努力的等著丈夫或表現出很愛丈夫的樣子，這個女人，要如何順利地存活在這個家族之中？

我們不得不佩服李白的精確。在〈長干行〉的兩首詩中都提到了容貌的老去，無論是「感此傷妾心，坐愁紅顏老」或是「自憐十五餘，顏色桃花紅」都可以感受到兩人對於自己容貌老去的哀傷——美貌不就是男人寵愛最高的倚仗嗎？結果在容顏最美的時候，丈夫都不在身邊，只能讓憂愁慢慢的讓容顏變老。

所以這些女人到底是因為愛，還是因為愁而必須要不畏千里的等著、接著夫君呢？

男人的想像浪漫

在讚美李白描述精確與深切的同時，我們也發現這兩首詩裡，幾乎都看不到「男性」的身影。明明是男性詩人所寫的詩，這個丈夫是怎樣的人，喜不喜歡這個女子，我們完全不清楚。

這個「浪漫」的愛情故事只需要奠基於女子對於丈夫的愛。

回到一開始我們說的，這麼多男性詩人在寫閨怨，無論寫來是比喻自己的政治生涯，還是真的描寫一個怨婦的心路歷程，這裡所呈現的那個愛著男人而等著的形象，終究是一種美好的幻想——「一個深愛著夫君」的女子，或許正是這群撰寫閨怨詩詞的男性作者們，最需要的浪漫。

這樣的「浪漫」是否是真實的呢？我不知道。

同樣在李白的另一首詩〈妾薄命〉中一句「以色事他人，能得幾時好」恰好又描述了這時代女性的「不浪漫」——無論是千喚不一回的嬌羞還是願同塵與灰的深情，最終，都抵不過「幾時好」。

所以到底是浪漫、不浪漫？是情還是怨？這答案都與這些紅顏一般飄零在等待的風沙中，我們無從得知了。

註

1. 參考自《故事：寫給所有人的歷史》網站，謝金魚〈穿越到唐代絕對不要做的五種人（2）：太子妃〉https://gushi.tw/%E7%A9%BF%E8%B6%8A%E5%88%B0%E5%94%90%E4%BB%A3%E7%B5%95%E5%B0%8D%E4%B8%8D%E8%A6%81%E5%81%9A%E7%9A%84%E4%BA%94%E7%A8%AE%E4%BA%BA%EF%BC%8882%EF%BC%89%EF%BC%9A%E5%A4%AA%E5%AD%90%E5%A6%83/。
2. 《唐律》〈戶婚篇下〉「卑幼自娶妻條」（總 188 條）規定「諸卑幼在外，尊長後為定婚而卑幼自娶，已成者婚如法，未成者，從尊長，違者杖一百。」（引用自陳惠馨〈《唐律》中家庭與個人的關係透過教育與法制建構「家內秩序」〉）。
3. 姻緣天定說的主要內容引自劉燕儷《唐律中的夫妻關係》。
4. 以上內容整理自李達嘉〈從抑商到重商：思想與政策的考察〉。
5. 妻妾制度等也同樣引自劉燕儷《唐律中的夫妻關係》。
6. 在唐代以前商賈普遍被貶低，即使在唐初，商人仍然被視為是賤類，不得求取功名。後來一直到唐代的商業越來越發達，商人的社會地位提高，才漸漸有士農工商皆平等的概念出來，但即使如此，商人一直都是有錢但被官或讀書人瞧不起的一群。

問題與討論

一、本篇文章所講其實也只是一個推測，〈長干行〉的故事有很多種可能，可能是李白描述他看到某個商人妻的故事，可能是李白身邊朋友的故事，可能是李白自己想出來撰寫的虛構故事……甚至，李白自己就是商人之子，這甚至也可能是他親身想像自己伴侶的故事等等。你認為〈長干行〉是否還有其他種讀法？如果要使用那樣的讀法，你可以找到哪些證據支持你？

二、在本篇文章提到，無論是哪種閨怨詩（以閨怨比喻自己的政治仕途，或單純描述一個思君歸的妻子），在這些詩詞中的故事，男性的身影總是很淡薄。〈長干行〉也是幾乎無法得到「讓女子思念的那個夫君」的相關資訊，你無法知道他愛不愛女主角，甚至無法得知他是否想歸來。你覺得這是為什麼？你能否替這些未歸的夫君，寫點東西，來完整他的形象？

三、無論你有沒有談過戀愛，請寫下一段你現在所能想到最理想的戀愛。請在裡面包含一段劇情、對象、以及一點臺詞與動作。等寫出來以後，想想你最理想的戀愛跟〈長干行〉相差多少，差在哪裡？你覺得你所談的戀愛（無論是過去、現在或未來）跟〈長干行〉內的男女會相差多少？為什麼？

延伸文本

一、新海誠《秒速五公分》：雖然對於多數人而言對新海誠印象比較深的作品是《你的名字》，但《秒速五公分》非常真實的再現出戀愛的樣子，非常適合討論戀愛當中的許多細節與情感。特別推薦給距離初戀還沒有多遠或已經遠到遺忘的人。

二、瀲流紫《後宮甄嬛傳》（書&電視劇）：《後宮甄嬛傳》老實說沒寫得特別好，也沒有真的到可以成為經典的程度，裡面諸多「致敬」的嫌疑，也不是很適合給寫作者學習。但《後宮甄嬛傳》之所以在華語地區大紅大紫，一定有它的原因，請試著找出這個原因。

三、石芳瑜《花轎、牛車、偉士牌：臺灣愛情四百年》：當代臺灣雖然在民法承接自清律以及許多婚嫁習俗仍然走漢俗的狀況，一般被認為在戀愛、婚姻與家庭上仍然受到傳統儒家文化甚深，但實際上受到多元文化的洗禮下，臺灣也有許多不同的戀愛故事與想像。

四、謝金魚《拍翻御史大夫》、〈穿越到唐代絕對不要做的五種人〉等系列文章：謝金魚的文字生動有趣，講歷史起來會讓人忍不住就想一讀再讀下去，《拍翻御史大夫》是偽大梁實際上就是唐朝的架空歷史故事，是非常能說服他人的歷史小說，一不小心，就會相信是真的。謝金魚在故事網站寫的系列文章都非常值得國高中生閱讀，很快就可以看完，勾起對於歷史的興趣，但同時也會對這世界產生一點疑問。

附註／參考書目

一、李達嘉，2013，〈從抑商到重商：思想與政策的考察〉，中央研究院近代史研究所集刊第 82 期，頁 1-53。

二、陳惠馨，2005，〈《唐律》中家庭與個人的關係——透過教育與法制建構「家內秩序」〉，發表於臺灣大學東亞文明中心主辦之「東亞傳統家庭教育與家內秩序」國際研討會，頁 1-1~1-21。

三、劉燕儷，2007，《唐律中的夫妻關係》，五南出版社。

四、謝金魚，2015，〈穿越到唐代絕對不要做的五種人（2）：太子妃〉，發表於「故事寫給所有人的歷史」網站。

第三課

說穿了 不過你我之間事：〈琵琶行〉與樂府

文／陳舛

白居易〈琵琶行〉

潯陽江頭夜送客，楓葉荻花秋瑟瑟。主人下馬客在船，舉酒欲飲無管絃。醉不成歡慘將別，別時茫茫江浸月。忽聞水上琵琶聲，主人忘歸客不發。尋聲暗問彈者誰，琵琶聲停欲語遲。移船相近邀相見，添酒回燈重開宴。千呼萬喚始出來，猶抱琵琶半遮面。轉軸撥絃三兩聲，未成曲調先有情。絃絃掩抑聲聲思，似訴平生不得志。低眉信手續續彈，說盡心中無限事。輕攏慢撚抹復挑，初為霓裳後綠腰。大絃嘈嘈如急雨，小絃切切如私語。嘈嘈切切錯雜彈，大珠小珠落玉盤。間關鶯語花底滑，幽咽泉流水下灘。水泉冷澀絃凝絕，凝絕不通聲暫歇。別有幽愁暗恨生，此時無聲勝有聲。銀瓶乍破水漿迸，鐵騎突出刀槍鳴。曲終收撥當心畫，四絃一聲如裂帛。東船西舫悄無言，唯見江心秋月白。

沉吟放撥插絃中，整頓衣裳起斂容。自言本是京城女，家在蝦蟆陵下住。十三學得琵琶成，名屬教坊第一部。曲罷常教善才服，妝成每被秋娘妒。五陵年少爭纏頭，一曲紅綃不知數。鈿頭銀篦擊節碎，血色羅裙翻酒污。今年歡笑復明年，秋月春風等閑度。弟走從軍阿姨死，暮去朝來顏色故。門前冷落車馬稀，老大嫁作商人婦。商人重利輕別離，前月浮梁買茶去。去來江口守空船，繞船月明江水寒。夜深忽夢少年事，夢啼妝淚紅闌干。

我聞琵琶已歎息，又聞此語重唧唧。同是天涯淪落人，相逢何必曾相識。我從去年辭帝京，謫居臥病潯陽城。潯陽地僻無音樂，終歲不聞絲竹聲。

住近湓江地低溼，黃蘆苦竹繞宅生。其間旦暮聞何物，杜鵑啼血猿哀鳴。春江花朝秋月夜，往往取酒還獨傾。豈無山歌與村笛，嘔啞嘲哳難為聽。今夜聞君琵琶語，如聽仙樂耳暫明。莫辭更坐彈一曲，為君翻作琵琶行。

感我此言良久立，卻坐促絃絃轉急。淒淒不似向前聲，滿座重聞皆掩泣。座中泣下誰最多？江州司馬青衫濕。

唐元和十一年，被貶江州的白居易在潯陽江頭送客，遇一琵琶女，觸動心事，寫成〈琵琶行〉。有人猜測，白居易此篇的琵琶女其實是個虛構人物，為的是藉著這位身世淒涼的歌妓，抒發白居易自身心事。追究此事的真實性倒也沒那麼重要，文學難免虛構，〈琵琶行〉所述故事雖未必屬實，其間情感卻難以作偽。

白居易同元稹等提倡新樂府運動，主張「文章合為時而著，歌詩合為事而作」，致力於以文學揭露社會現實，以救時弊。如今日報導文學一類作品，以客觀的筆法紀錄事實，寫民間疾苦，更深入探問底層心事。當然，只要是文學作品，都難免主觀成分，新樂府運動中所謂「社會寫實詩」，雖可見大量的側面書寫，但其間畫面詳略取捨，卻仍有賴詩人一手安排。〈琵琶行〉並不是一首單純的社會寫實詩。一般的社會寫實詩少見作者身影，〈琵琶行〉開篇就是潯陽江頭送客，最後又以江州司馬淚濕青衫作結，個人情感濃厚，與單純的敘事詩有顯著區別。

樂府本來自民歌，與音樂脫不了關係，當年官員們自民間採集大量的歌謠，除了至今仍可見的歌詞外，也把民間的音樂帶回了官方。這反映了歌謠深入人心的程度，有時候比只有文字的文學作品要更深刻。時至唐代，音樂早已經歷時代演變，白居易等人提倡新樂府運動，所要承繼、宣揚的也不是這些音樂形式，而是樂府體貼民間疾苦的精神。這與最初的樂府民歌截然不同，染著濃厚的士大夫氣息，字裡行間藏不住一股對社會的關懷與擔憂。

樂府的由來與轉變

過去課本稱漢代的樂府「可入樂、可歌、可誦」，而古詩、近體詩則「不入樂亦不可歌、可誦」，唐代文人所作新樂府亦「不入樂、不可歌」，曾讓許多人感到疑惑。一首詩既然已形諸文字，則配上旋律則必然是可以吟唱的，又為何有所謂可不可入樂、可不可歌之別呢？

或有論者認為，中國語言有聲調問題，不可入樂的詩作，必然是在聲律上不諧，是以難以成歌。這個說法看似有理，實則頗有些瑕疵。以今日角度來看，我們很難想像有什麼詩作是不能被譜曲的，又如唐代的近體詩，聲律上已多所琢磨，這些皆不能入樂，想來總有些疑惑。

也有人說古代聲韻與今日不同，尤其古漢語有不少入聲字，讀來短促，若沒有放在適當位置，唱起來不好聽是以不可歌。然而，當今南方方言亦有許多入聲字，閩南語、粵語歌曲卻未見少了，這些聲韻問題似乎也非曲式技巧所不能克服，那又該怎麼說呢？

我想，這些問題可能來自於幾個誤解：

首先，所謂「樂府」，最初指的是官方的機構。《漢書》記載：

至武帝定郊祀之禮，祠太一於甘泉，祭后土於汾陰，乃立樂府。采詩夜誦，有趙、代、秦，楚之謳，以李延年為協律都尉，多舉司馬相如等數十人造為詩賦，略論律呂，以合八音之調，作十九章之歌。

這段文字的大意是漢武帝時設立樂府機構，至民間蒐集歌謠，讓李延年作協律都尉譜成曲調，司馬相如等文人參與寫作，用官方的力量完成這些樂府詩歌。

樂府早在秦代就已存在，漢承秦制，將這些機構的功能擴充。漢代時北方流行一種「相和歌」，是從先秦時代就保留下來的歌謠。「相」指的是舂米、夯土用的杵型工具所發展成的擊節樂器，又稱「舂牘」。自文明發展角度來看，提供旋律的最早多是笛類樂器，而要搭配歌唱的，則多以打擊樂器為主，這個樂器的發展途徑不難想像。如「相」這種樂器，以打擊為表演形式，提供的是歌的節奏而非旋律。

「相和歌」後來加入笙、笛、節、琴、瑟、琵琶、箏等，配合舞蹈，成為後世的「相和大曲」，由此也可見官方接收民間的音樂，並予以規模化、精緻化之過程。我們所熟悉的漢樂府〈陌上桑〉、〈東門行〉，就是典型的相和歌。

以漢代的文化條件而言，要能將蒐集來的歌謠整理出來，非藉由官方力量為之不可。從這樣的角度來理解，「入樂」是將歌謠配上樂器的過程，而非詩歌之特質。

沒有詩歌生來是不能入樂的，只是並不是所有的詩作都會經過這樣的處理。樂府蒐羅民間歌謠，加上文人仿作，最後都會配上樂器成為入樂可歌的作品，而文人寫的古詩起初就不是歌，自然是「不入樂、不可歌」的。

簡單來說，可入樂的必定可歌，而沒有詩歌是不可誦讀的。過去課本把「入樂、可歌、可誦」細分出來，作為分別樂府、古詩、近體詩等的條件，實是把這一切弄複雜了。

文人創作新樂府

時至唐代，中土音樂因著各地文化交流，早已發展出更為豐富多元之面貌，說唐代的新樂府不可入樂，這個說法是不嚴謹的。當時民間樂器已很發達，將詩作配上樂器吟唱的門檻降低，不用再仰賴官方資源，許多文人的作品早已於民間傳唱。說新樂府運動之作品不入樂，實是指這些文人創作與當年的樂府有明顯之別——創作之初不是為了配以樂器演奏——倒不是指這些詩作因著某些特質而不能配樂演唱。

另一方面，除了不以入樂為目的之外，新樂府與漢樂府最根本的區別，在於創作者的身分。漢樂府來自民間，雖經文人潤飾，但視角多半仍是庶民的，是直接的吶喊。新樂府由文人書寫，由文人之眼觀看世界，所寫出來的詩作畢竟與民間流傳的「野生」作品不同。

白居易詩雖有「老嫗能解」之譽，但比之民間的質樸純粹，視野上畢竟難脫士大夫思維與菁英色彩。文人的身分特殊，對社會有責任與關懷，透過這樣的視角看待人間苦難，寫出所謂的「社會寫實詩」，和過去的樂府——來自民間的真實呼喊——自然有著截然不同的風格。而當這些文人遠離了政治中心，走入民間，書寫的對象與自身之間就不再只是觀看與被觀看的關係。

〈琵琶行〉裡的原初樂府精神

〈琵琶行〉裡白居易因琵琶女一曲觸動往事，其間對於音樂感人心腸的種種書寫，意外扣合了最原初的樂府精神，提供了我們新的角度來思考音樂與人心的關係，頗值得一談。

孟子曾說：「仁言，不如仁聲之入人深也。」

音樂象徵著文明與教化，對於傳統知識分子有著難以言喻的吸引力。白居易對音樂十分熱衷，曾寫下「出郭已行十五里，唯消一曲慢霓裳」、「眼前流例君看取，且遣琵琶送一杯」、「相逢且莫推辭醉，聽唱《陽關》第四聲」等詩句。其中《陽關》即王維〈渭城曲〉入曲而成，「第四聲」也就是「西出陽關無故人」一句。由此可見白居易的年代，唐代城市音樂盛行，樂工名妓以詩人詩作入曲十分常見。這是當時流行音樂深入民間的證據，文人亦受其影響，〈琵琶行〉更將這一點表露無遺。

潯陽江頭送客，白居易卻慨歎「舉酒欲飲無管絃」，此句也為琵琶女的出現悄悄埋下伏筆。接下來，白居易聽到了水上的琵琶聲，似是被啟動了身體裡的開關，趕忙把船划近，重開宴席，非邀這位彈琵琶的神祕人物出場不可。於是才有了「千呼萬喚始出來，猶抱琵琶半遮面」，爾後琵琶女彈起了琵琶，一曲奏罷換來「東船西舫悄無言，唯見江心秋月白」。

這是整篇對於音樂最重要的書寫，然而值得一提的是，白居易最後寫自己的身世，又說「豈無山歌與村笛，嘔啞嘲哳難為聽。今夜聞君琵琶語，如聽仙樂耳暫明」，將這首琵琶曲賦予新的價值與意義。

「山歌與村笛」正是民間歌謠最質樸的表現，但在白居易聽來卻是難以入耳的，這與當初武帝立樂府蒐羅民間歌謠，有著巨大的差別。音樂會隨著物質文明的發展越來越精緻，時至唐代，前有漢魏音樂為先驅，後又融合西域等多元民族文化，音樂早已是士人生活中不可或缺的部分。白居易聽不慣山歌村笛，也正好說明了部分文人音樂審美已提升至一定水平，這是城市音樂文化發達的結果。而這樣的距離，也意味著讀書人與民間畢竟隔了一層，白居易寫社會現實，畢竟有著一種上對下的關懷。

然而，也正因為這層關係，那一句「同是天涯淪落人，相逢何必曾相識」才特別耐人尋味。一個被貶謫的江州司馬，與一個命運多舛的歌女，在身分上有著根本的不同，白居易卻從歌女身上看見自己飄零的命運，這又代表著什麼呢？

那似乎是說，人與人之間無論有著多大的差別，有些慨歎與無奈終歸是相同的。琵琶女的命運和白居易畢竟不同，這份天涯淪落之情，畢竟是白居易一廂情願的自我投射。但是那「今年歡笑復明年，秋月春風等閑度」，誰又沒有過這樣一段無憂無慮的年輕歲月、快活日子。爾後「夜深忽夢少年事」，走過漫漫長路人生風雨的人們，也難免被這樣的舉措觸動，心有戚戚焉。

聽見與被聽見

〈琵琶行〉為我們展示的，是傳統知識分子對於音樂的認知與態度。背後固然有著難以抹去的菁英思維，但白居易的書寫實已超越這一層相對關係，音樂在人與人之間相互關懷時所扮演的角色也越加明晰。

樂府最初就是民謠，民謠直指人心。然而，質樸的音樂經過文明淘洗，必難免精緻化、規格化之過程，這中間有的味道丟失了，有的色彩卻更豐富了。而在這些時間淘洗的過程中，始終不會被抹滅的，才是那些最核心、根本的價值。

所謂「詩三百，一言以蔽之日『思無邪』。」然而在文明發展的長河中，這些歌曲無可避免地沾染了世俗塵埃，「無邪」又談何容易？又豈能不顯得過於天真不明世務？

或許音樂最動人之處即在此。素不相識的人們，因為音樂暫時解除了社會上的層層隔閡與限制，不需多餘的語言，卻似能互通心曲。

這樣的感通，並不來自於過往經驗的直接召喚，並非歌詞具體唱出了某些共同的人生經驗，而是在彼此不同的際遇中，提取極為類似的情感。人們才能在樂音中聽見人心絕非偶然，音樂的力量不只在於純粹的共鳴，而是不同故事之間的同情共感。有人悠悠唱起，有人悠悠聽見，在樂聲中也就不必再交換太多言語，此時無聲勝有聲。

這背後是一個古老的道德想像，想人最初最初，感動於天地間某個聲響，感動於某個光影流動的瞬間，感動於山川或湖泊的季節與氣息。在教化之前，在言語之前，在計算之前。

如白居易在江上剛好聽見，遂讓遠方來人迫不及待探問小事，一件錯過了就算了的小事。如那些最初的民歌，不過相遇與別離、喜悅或遺憾、愛與愛不得。從天地間某個角落銀瓶乍破，三聲兩聲，未成曲調先有情。

本來，琵琶女曲終之後，全詩亦可告終，留下無限想像與美感，但這畢竟不是白詩的風格。有些事非說清楚不可，是以才有了一段琵琶女的自白，也有了江州司馬的青衫淚。

若說白居易的士大夫視角畢竟無可避免，那麼最後的眼淚也就更顯得可貴。琵琶聲再度響起，卻「淒淒不似向前聲」，這似是琵琶女真實的心曲，卻也像是對白居易「同是天涯淪落人」的回應。全詩至此情感已過於氾濫，或許就此失卻許多含蓄婉約的美感，然而也更貼近了生命的真實。

所謂樂府精神，無非真誠二字。在這一點之前，文學的功能與社會實踐都還只是次要的。

歌曲作為一種藝術表現，自有其特殊性，傾聽與訴說交錯發生，在傳唱時又融為一體。關於民謠、關於樂歌，說穿了不過你我之間事。

琵琶女與詩人，聽見與被聽見，如此簡單，卻也就是全部了。那些歌曲、那些訴說，終究是要被聽見才完整的。

問題與討論

一、古代設立樂府，或許確實有體察民情之意。若以當代社會的情況來看，民間的流行樂曲可以反映民意嗎？觀察流行樂市場運作，對於我們理解社會有何幫助？

二、白居易力求詩歌之通俗易解，甚至相傳以老嫗能解為標竿。此傳聞或未必真實，但唐時也確實有「童子解吟長恨曲，胡兒能唱琵琶篇」之評價。文學作品求通俗，自然以溝通為極重要目標，然而追求藝術境界之創作者，有時卻又不能遷就讀者，這中間是否存在著衝突或矛盾？或者，將積極與讀者溝通及完全不考慮讀者兩種極端立場區分出來，這兩個立場是否有折衷的空間？還是必然互斥？

三、歌詞亦是文字，以今日社會來說，傳統上認為的文學作品，包含散文、小說、詩等文類，有些文學獎也加入了劇本等。那麼，你認為「歌詞」也該被視為文學作品嗎？跟「詩」又是否能區分，若能，又該如何區分呢？

延伸文本

一、馬世芳《地下鄉愁藍調》：談西方、談搖滾，有故事也有音樂知識，更有文化討論。可以參看，反思東、西方文化差異，探討音樂於當代的意義與價值。

二、謝金魚《崩壞國文》：參看相關背景，許多細節有閱讀價值。

三、朱賽普・托耐特《海上鋼琴師》（電影）。

四、陳昇〈從來不是主流〉《是否，你還記得》（單曲／專輯）：歌詞討論主流是什麼，可延伸思考何謂雅、俗。

第四課

前後政權一致讚揚的奇文……

〈臺灣通史序〉

文／活水來冊房（黃震南）

連橫〈臺灣通史序〉

臺灣固無史也。荷人啟之，鄭氏作之，清代營之，開物成務，以立我丕基，至於今三百有餘年矣。而舊志誤謬，文采不彰，其所記載，僅隸有清一朝；荷人、鄭氏之事，闕而弗錄，竟以島夷海寇視之。烏乎！此非舊史氏之罪歟？且府志重修於乾隆二十九年，臺、鳳、彰、淡諸志，雖有續修，侷促一隅，無關全局，而書又已舊。苟欲以二三陳編而知臺灣大勢，是猶以管窺天，以蠡測海，其被囿也亦巨矣。

夫臺灣固海上之荒島爾！篳路藍縷，以啟山林，至於今是賴。顧自海通以來，西力東漸，運會之趨，莫可阻遏。於是而有英人之役，有美船之役，有法軍之役，外交兵禍，相逼而來，而舊志不及載也。草澤群雄，後先崛起，朱、林以下，輒啟兵戎，喋血山河，藉言恢復，而舊志亦不備載也。續以建省之議，開山撫番，析疆增吏，正經界，籌軍防，興土宜，勵教育，綱舉目張，百事俱作，而臺灣氣象一新矣。

夫史者，民族之精神，而人群之龜鑑也。代之盛衰，俗之文野，政之得失，物之盈虛，均於是乎在。故凡文化之國，未有不重其史者也。古人有言：「國可滅而史不可滅。」是以郢書燕說，猶存其名；晉乘楚杌，語多可採；然則臺灣無史，豈非臺人之痛歟？

顧修史固難，修臺之史更難，以今日修之尤難，何也？斷簡殘編，蒐羅匪易；郭公夏五，疑信相參；則徵文難。老成凋謝，莫可諮詢；巷議街譚，事多不實；則考獻難。重以改隸之際，兵馬倥偬，檔案俱失；私家收拾，半付祝融，則欲取金匱石室之書，以成風雨名山之業，而有所不可。然及今為之，尚非甚難，若再經十年二十年而後修之，則真有難為者。是臺灣三百年來之史，將無以昭示後人，又豈非今日我輩之罪乎？

橫不敏，昭告神明，發誓述作，兢兢業業，莫敢自遑，遂以十稔之間，撰成臺灣通史。為紀四、志二十四、傳六十，凡八十有八篇，表圖附焉。起自隋代，終於割讓，縱橫上下，鉅細靡遺，而臺灣文獻於是乎在。

洪惟我祖先，渡大海，入荒陬，以拓殖斯土，為子孫萬年之業者，其功偉矣！追懷先德，眷顧前途，若涉深淵，彌自儆惕。烏乎！念哉！凡我多士，及我友朋，惟仁惟孝，義勇奉公，以發揚種性；此則不佞之幟也。婆娑之洋，美麗之島，我先王先民之景命，實式憑之。

想起大叔我小時候，臺灣史比例少得可憐的社會課本裡頭，紀錄的抗日英雄有三個人：丘逢甲、羅福星、連雅堂。當時的小朋友被唬得一愣一愣的：啊啊，原來就是這三個人帶領臺灣同胞共同英勇抗日啊，他們奉獻自己的性命，拋頭顱灑熱血，無畏日本敵機轟炸，終於打贏了八年抗戰，讓臺灣成為安和樂利的民主燈塔。

以上是歷史不及格的學生政治正確的想像。他們有些人沒有奉獻性命，有些人根本連日軍的影子都沒見過，更何況八年抗戰沒有抗到臺灣來，二戰時日本轟炸機更不會轟炸自己的領地。

不過在非常瑣碎斷裂、缺乏因果關係的臺灣史教育之下，對這些人這樣的理解，成為大眾普遍的共識——所有抗日活動都混為一談，彷彿日治時期只有短短半年而非半世紀；日治下臺灣人對於日本只有汪洋般的殺意，沒有又愛又恨欲拒還迎的模糊空間。

長大之後才知道，抗日與親日，從來不是一個銅板的正反兩面，而是分布在光譜上不同區域的顏色。把「若非抗日，即是親日」二分法拋棄，我們才能來談談《臺灣通史》這本書以及它的序文。

日治時代的初版《臺灣通史》

初版本的《臺灣通史》在大正九年到十年（一九二〇至一九二一年）發行，製作成精裝本三冊，定價十二圓，大約是一個小康之家的月薪。這麼昂貴的一部書籍，在當時其實是叫好不叫座，原因很簡單，你願意用一個月的薪水買一部疊起來只有六公分厚的臺灣史嗎？一直到了戰後，這部作品才獲得比較好的銷售量。

《臺灣通史》在戰後能暢銷，並將連雅堂拱上抗日英雄的地位，要歸功於他有個好兒子黨國政要連震東。戰爭結束隔年，商務印書館便重新出版了《臺灣通史》，並且請來北京大學徐炳昶教授為之作推薦序，宣揚「民族氣節」。此後《臺灣通史》不斷出版重印，截今至少已經有二十幾個版本；而連雅堂本人，也因子孫而貴，堂皇登上社會課本，成為人人景仰的抗日英雄。

雖然戰後有二十幾種版本，但我們莫忘初衷，請回頭去翻翻初版本的《臺灣通史》。不翻則已，一翻開來，令十三億兩千三百萬人都驚呆了。

初版本沒有中國教授的序文，倒有明石元二郎題的「溫故知新」，再一翻又有田健治郎題字「名山絕業」。這兩個頂著日本名字的人士究竟何許人也？是當時前後任臺灣總督啊！

接著又是三篇日本人的序文，滿滿皇民味你還跟我說這是抗日神書，你你你你為什麼要騙我啊！

但是光憑日本重量級人物題字作序，就能拍板定案說這部書鐵定親日嗎？我們還是從連雅堂膾炙人口的〈臺灣通史序〉來觀察吧。

在序裡想像傳統文人的夾縫生存術

「臺灣固無史也」，這句話可以解釋為「臺灣本來是沒有歷史紀錄的」，但這句話本來就是廢言一句，地表上任何一塊土地，本來就會經歷缺乏文字紀錄的時代；作者這句話要表達的，恐怕是想說「在我這本神作降臨以前，臺灣沒有這種把全島從頭講到尾的史書」吧，這麼狂氣滿點的話也只有連雅堂有資格說了；不服氣的人，恐怕要搭時光機穿越到一九二〇年之前，比他搶先出版個《第一次讀臺灣史就上手》之類才能打他的臉。

在連雅堂寫臺灣通史之前，到底有沒有哪位大大寫過臺灣的「通史」（就是從有文字紀錄開始寫到今的史書）？其實是有的。有一個美國記者 James W. Davidson（有個中文譯名很帥，叫達飛聲。誰說大衛遜？你才遜咧）就寫過《The Island of Formosa Past and

Present》，可惜是用英文寫的，沒有受到注意。那麼漢語著作中，有沒有人寫過臺灣史呢？很可惜都是地方志，或者尚未定稿。換句話說，在這之前，確實沒有漢語書寫的臺灣通史定稿專書，因此《臺灣通史》縱使錯誤百出，還有些橋段可能是捏造的，但它作為「臺灣第一本通史」，這個金字招牌確實難以撼動。

接著連橫用論文摘要的方式，很快速地把臺灣發展史講了一次，濃縮到其實沒什麼重點，其實大概要說的就是臺灣從有歷史以來，一路打打殺殺，殺到清朝將臺灣建省之後，才整個氣象一新。講到這裡其實很耐人尋味，日治時代的臺灣人，敢讚揚前朝劉銘傳的建設；戰後初期的臺灣人，倒不太敢讚揚前朝的建設，大力讚揚的依然是前前朝劉銘傳開創了現代化——事實上為的就是抹煞後藤新平的建設。同樣是給劉銘傳按讚，在日治時代按讚與在戰後按讚有不同的心情。

下一段提及歷史的重要性，在於所有事物得失盈虛都保存在歷史裡。這一段字句鏗鏘、立論中肯，若是跟三五文青好友聊起歷史的重要性，或者過年時被四表嬸問起為什麼想考歷史系，不妨搬出把這一段修飾成自己的話，再加入一些「文本」、「指涉」、「結構」之類的術語，保證讓人另眼相看——白眼。

其實我個人覺得〈臺灣通史序〉裡，寫得最好的就是吐苦水說編修歷史有多困難的部分，如果當年有什麼「靠北歷史系」之類的粉絲團，這篇文章大概可以騙幾千個讚吧。這一段，完完全全把上世紀，不，今日學者研究臺灣史的困境點出來了啊：仍有史料尚未出土公開、改朝換代時把前朝資料銷毀了、網路太多曲解事實的文章流竄、知情者仍三緘其口……連雅堂居然在近百年前就預知了「修臺之史更難」，拜託請收下我的膝蓋。

就這篇序文而言，確實感受不到任何「親日」的意向，或許諸君要懷疑，現在流傳的序文，恐怕是戰後改寫過的吧？在此我拿手中的初版本打包票，這篇序文確實是打從一九二〇年就長這樣，居然相當「臺灣島史觀」。再看書中列傳，對於抗日志士亦不吝描述其英烈，說真的我除了佩服連雅堂的膽量，也佩服日本人的肚量。這個肚量來自日本的超強自信：臺灣經由條約已經永久割讓給日本，再怎麼樣都不可能飛走；島民再怎麼稱讚前朝，也不可能改變臺灣成為日本殖民地的現實，索性就讓你講個夠。於是在「大正民主」的氛圍下，連雅堂大書特書前朝的歷史，連紀錄臺灣民主國抗日的章節都取名「獨立記」，後來怕「獨立」太敏感又改名「過渡記」，好玩的是目錄頁在「過渡記」底下還附記「此篇原名獨立，嗣以字義未妥，故易之」，啊你改就改不要故意把原名寫出來啊！這樣不是等於沒改嗎？更好玩的是，日本官方也這樣睜隻眼閉隻眼讓他出版了！兩邊都在耍寶嘛你們。因此，《臺灣通史》在日本官方的許可之下發行，你說這本書有發揚本土意識之功，那是有的；說有凝聚漢族文化之心，那也是有的；說有抗日之志，嗯。

我們可以因為一篇文章，就論定一個人嗎？一篇〈臺灣通史序〉或許還不能夠證明連雅堂是抗日的。然而連氏後來引起大爭議的〈臺灣阿片特許問題〉，我想也不足以將他編著《臺灣通史》、《臺灣語典》的苦心抹煞。可惜今日提到他，不免要與政治扯上一塊，無法不用有色眼鏡看待他，就連新版的《臺灣通史》，也淪為統戰的交流工具。

狼若回頭，不是報恩，就是報仇。我與連氏無恩無仇，回頭讀這近百年前的書序，只為了想像當時一個傳統文人在夾縫裡求生存，要怎樣才能不愧疚。

問題與討論

一、〈臺灣通史序〉說：「凡我多士，及我友朋，惟仁惟孝，義勇奉公，以發揚種性；此則不佞之幟也。婆娑之洋，美麗之島，我先王先民之景命，實式憑之。」此處的「種性」、「我先王先民」，明顯指的不是日本大和民族。排除掉臺灣總督府未曾檢查到這些文字的可能性，你認為當時容許連雅堂如此強調「臺灣民族性」的可能性，甚至目的是什麼？

二、從〈臺灣通史序〉來看，對於原住民的存在和史前文化是忽略甚至抹煞了。你認為在當時的學術背景而言，這是可以理解原諒的？還是罪大惡極？麻煩先去除對連家子孫的政治好惡評價，持平地討論這個問題。

延伸文本

一、林文月《青山青史——連雅堂傳》。

二、駱芬美〈戒鴉片〉，收錄於《被混淆的臺灣史 1861-1949 之史實不等於事實》。

三、吳密察《臺灣通史：唐山過海的故事》。

第五課

〈師說〉的推論練習

文／朱家安

韓愈〈師說〉

古之學者必有師。師者，所以傳道、受業、解惑也。人非生而知之者，孰能無惑？惑而不從師，其為惑也終不解矣！生乎吾前，其聞道也，固先乎吾，吾從而師之；生乎吾後，其聞道也，亦先乎吾，吾從而師之。吾師道也，夫庸知其年之先後生於吾乎？是故無貴、無賤、無長、無少，道之所存，師之所存也。

嗟乎！師道之不傳也久矣！欲人之無惑也難矣！古之聖人，其出人也遠矣，猶且從師而問焉；今之眾人，其下聖人也亦遠矣，而恥學於師。是故聖益聖，愚益愚。聖人之所以為聖，愚人之所以為愚，其皆出於此乎？愛其子，擇師而教之，於其身也則恥師焉，惑矣！彼童子之師，授之書而習其句讀者也，非吾所謂傳其道、解其惑者也。句讀之不知，惑之不解，或師焉，或不焉，小學而大遺，吾未見其明也。

巫醫、樂師、百工之人，不恥相師；士大夫之族，曰師、曰弟子云者，則群聚而笑之，問之，則曰：「彼與彼年相若也，道相似也。」位卑則足羞，官盛則近諛。嗚乎！師道之不復可知矣！巫醫、樂師、百工之人，君子不齒，今其智乃反不能及，其可怪也歟！

聖人無常師：孔子師郯子、萇弘、師襄、老聃。郯子之徒，其賢不及孔子。孔子曰：「三人行，則必有我師。」是故弟子不必不如師，師不必賢於弟子。聞道有先後，術業有專攻，如是而已。

李氏子蟠，年十七，好古文，六藝經傳，皆通習之。不拘於時，請學於余，余嘉其能行古道，作師說以貽之。

在〈師說〉裡，韓愈試圖說明當代人「不從師」的風氣是錯的、人有理由從師學習，而且不該拘泥地位和年齡。

吾師道也，夫庸知其年之先後生於吾乎？是故無貴、無賤、無長、無少，道之所存，師之所存也。

一開始，這個說法看起來很符合常識，甚至會令人懷疑韓愈為什麼要特別把這件事提出來辯論：如果有些事情自己不知道，那麼請教那些知道的人，會是好點子。不然呢？我們難道有其他選擇嗎？

一個可能性或許是，在韓愈的時代「請教」的風氣不盛，因此需要特別呼籲。繼續讀下去，發現韓愈討論的「從師」並不泛指所有「有些事情我不知道，所以我去問別人」的情況。在韓愈看來，在某些議題上，並沒有「不從師」的問題，例如：

愛其子，擇師而教之。

巫醫、樂師、百工之人，不恥相師。

人知道要找老師來教小孩讀句子，而知識分子之外的百工之人，也知道從老師學習專業。當韓愈說當代人不從師，並不是在說他們不去學怎麼讀句子，或者不去學怎麼祭祀、醫治或奏樂，而是在說，他們不去跟人學習「道」：

> 彼童子之師，授之書而習其句讀者也，非吾所謂傳其道、解其惑者也。

韓愈甚至問：連巫醫、樂師都知道自己不懂的要去問別人，但是知識分子卻不懂得從師問道。知識分子一方面看不起百工之人，但在「從師」這部分的智能表現卻比不上他們，這不是很奇怪嗎？

> 巫醫、樂師、百工之人，君子不齒，今其智乃反不能及，其可怪也歟！

韓愈並不是在抱怨「大家凡是遇到不懂的事情，都不去問別人」，而是在抱怨「知識分子凡是遇到『道』這方面不懂的事情，都不去問別人」。

那麼，韓愈在這裡討論的「道」究竟是什麼呢？說人不懂「道」，這是什麼意思？老實說我不知道。這有點糟糕，因為在批判對方的論證前，我們需要先確定沒有誤解對方，以免白做工。以目前的進展來說，我們至少得先知道「道」大概是在談怎樣的東西，才能繼續下去。所幸，從〈師說〉這篇文章，我們可以找到一些端倪。

「道」的條件

首先，如同上面討論過的，「道」並不是祭祀、醫治或奏樂這類技藝專業，也不是「句子該這樣讀！」這種純粹的語文知識。

再來，「道」對於提昇人的價值似乎很重要，一個人可以接近聖人的程度，或者淪為愚人，似乎很大部分取決於他有機會掌握多少「道」：

師道之不傳也久矣！欲人之無惑也難矣！古之聖人，其出人也遠矣，猶且從師而問焉；今之眾人，其下聖人也亦遠矣，而恥學於師。是故聖益聖，愚益愚。聖人之所以為聖，愚人之所以為愚，其皆出於此乎？

第三，對韓愈來說，一個人對「道」的掌握，並不依賴他的年齡、地位、才智和專業：

是故無貴、無賤、無長、無少，道之所存，師之所存也。

是故弟子不必不如師，師不必賢於弟子，聞道有先後，術業有專攻，如是而已。

第四，然而，韓愈的當代人似乎認為，兩個年齡相仿的人對道的掌握應該也差不多，並且跟比自己地位低的人請教「道」可能是丟臉的行為，跟比自己地位高的人請教「道」，則可能是諂媚的行為：

「彼與彼年相若也，道相似也。」位卑則足羞，官盛則近諛。

以上這些是從〈師說〉摸索出來的「道」的特性。讓我們整理一下：

一、「道」是你可以藉由向別人學習來學到的東西，老師可以藉由言教或身教來「傳道」。

二、「道」不是職業化的知識，也不是語文知識。

三、對「道」掌握越多，就越接近聖人。

四、年紀大、地位高、聰明和專業並不代表你對「道」掌握得比較多。
五、韓愈的當代人認為年紀差不多的人對「道」的掌握也差不多，若你師「道」的對象地位比你低，這有點丟臉，若地位比你高，則有拍馬屁之嫌。

什麼是「道」？

如果某個東西是韓愈指的「道」，這個東西應該符合上面這五個條件。有哪些東西符合這些條件呢？

例如，「道」指的會是游蛙式的技能嗎？這個說法似乎符合上述的一些條件，例如說，你可以向別人學游蛙式，而且一個人會不會游蛙式，跟年齡、地位、聰明和其他專業也沒什麼關係。然而，跟比自己地位低的人學游蛙式，並不是什麼可恥的事情，同時你可能有點難藉由跟別人學游蛙式，來表達諂媚。最重要的是，若一個人想達到聖人的境界，對他來說，學蛙式並不會比學句讀更有幫助，而韓愈顯然不認為從師學句讀對聞道有什麼幫助。

你可以想很多例子來猜「道」到底是什麼，不過最後八成都會卡在「條件三」：什麼樣的能力可以讓人接近「聖人」呢？〈師說〉並沒有對「聖人」交代太多，不過或許我們可以亂猜一下：聖人是那些在道德上崇高、知道什麼時候該做什麼的人。在這種意義下，不要說蛙式對於成聖沒幫助，數學、魔術和小說創作應該也一樣。

從這種猜想出發，韓愈講的「道」，應該是指某些有助於我們提昇道德的道理吧！雖然這樣有點作弊，因為前面並沒有說我們可以援引韓愈的其他作品來協助推論，不過如果我們把「道」理解成某種做出正確道德判斷的能力，就可以跟韓愈〈原道〉裡的說法搭上線了：

> 博愛之謂仁，行而宜之之謂義。由是而之焉之謂道。

並且，這個理解也跟〈師說〉裡的其他說法融貫：

一、道德判斷的道理是可以跟別人學到的。怎樣的人值得你跟他學習道德判斷的道理，這跟他的年紀、地位、聰明和專業不見得有關。

二、不過知識分子卻不時興跟別人請教道德判斷背後的道理，並且還認為說，如果你跟地位不同的人請教，會有丟臉或諂媚的問題。

三、你缺少什麼東西就跟別人學，這種道理百工之人知道、有小孩的人也都知道，知識分子卻不實行，太遜了。

不過，即使把「道」理解成做道德判斷的道理，〈師說〉裡還是有一些說法比較不好解釋。例如：

人非生而知之者，孰能無惑？惑而不從師，其為惑也終不解矣。

這句話看起來像是在說：

一、關於道德判斷，每個人都會遇到困惑。

二、只有請教別人，才能解決關於道德判斷的困惑。

上述「二」主張說，要解決道德的困惑，必須跟別人學，這似乎有違常識。遇到道德上該怎麼做的困惑，自己想一想就想通了，這即便不常見，應該也是可能發生的。並且，如果人不可能自己解決自己遇到的道德困惑，必須求助他人，那最初的人類是怎麼解決自己遇到的道德困惑，並且把解決的方案流傳給後世的呢？

或許我們可以猜想說，上述的「一」並不是在主張每個人都會遇到道德困惑，說不定其實韓愈認為有一些人（聖人）不會遇到道德困惑，因此我們這些會遇到道德困惑的凡人，才需要求助於聖人，或者求助於那些有幸從聖人得「道」的人。不過我不確定你會不會喜歡這種似乎有點宗教意味的詮釋。

韓愈寫〈師說〉，是為了主張人應該從師學道。然而我們花了很多篇幅，還是無法確認韓愈的「道」是什麼意思。如果一篇文章說了半天，卻連自己的結論是什麼都講不清楚，實在不能算是什麼好文章。不過這樣想想看：你在臉書上面打了一個星期的筆戰，前後寫了十幾篇動態，在這種情況下，每篇動態都預設了一些東西沒有解釋，也是可以諒解的。這樣一說，或許〈師說〉就是韓愈的二十幾篇動態之一吧。但若是如此，可能就要追究為什麼會有人認為它值得單獨選入國文課本了。

問題與討論

一、對於「道」，你覺得除了「做出道德判斷的能力」之外，還有沒有其他的解釋方式，可以符合「『道』的條件」一節裡提到的五個條件？

二、對於「人非生而知之者，孰能無惑？惑而不從師，其為惑也終不解矣」，你覺得有沒有其他解釋方式，可以避開上述困境？

延伸文本

一、冀劍制《邏輯謬誤鑑識班》。

二、彭孟堯《思考方法》。

第六課

讀臺文系的人：讀〈一桿稱仔〉

文／鄭清鴻

賴和〈一桿稱仔〉

鎮南威麗村裡，住的人家，大都是勤儉、耐苦、平和、順從的農民。村中除了包辦官業的幾家勢豪，從事公職的幾家下級官吏，其餘都是窮苦的占多數。

村中，秦得參的一家，尤其是窮困的慘痛，當他生下的時候，他父親早就死了。他在世，雖曾贌得幾畝田地耕作，他死了後，只剩下可憐的妻兒。若能得到業主的恩恤，田地繼續贌給他們，雇用工人替他們種作，猶可得稍少利頭，以維持生計。但是富家人，誰肯讓他們的利益，給人家享。若然就不能其富戶了。所以業主多得幾斗租穀，就轉贌給別人。他父親在世，汗血換來的錢，亦被他帶到地下去。他母子倆的生路，怕要絕望了。

鄰右看她母子倆的孤苦，多為之傷心，有些上了年紀的人，就替他們設法，因為餓死已經不是小事了。結局因鄰人的做媒，他母親就招贅一個夫婿進來，他的後父不太能體恤這個前夫的兒子，而且本來做後父的人，很少能體恤前夫的兒子。他後父，把他母親亦只視作一種機器，所以得參，不僅不能得到幸福，又多挨些打罵，他母親因此和後夫就不十分和睦。

幸他母親，耐勞苦、會打算，自己織草鞋、畜雞鴨、養豬，辛辛苦苦，始能度那近於似人的生活。好容易，到得參九歲的那一年，他母親就遣他，去替人家看牛、做長工。這時候，他後父已不大顧到家內，雖然他們母子倆，自己的勞力，經已可免凍餒的威脅。

得參十六歲的時候，他母親教他辭去了長工，回家裡來，想贌幾畝田耕作，可是這時候，贌田就不容易了。因為製糖會社，糖的利益大，雖農民們受過會社刻虧、剝奪，不願意種蔗，會社就加「租聲」向業主爭贌，業主們若自己有利益，哪管到農民的痛苦，田地就多被會社贌去了。有幾家說是有良心的業主，肯贌給農民，亦要同會社一樣的「租聲」，得參就贌不到田地。若做會社的勞工呢，有同牛馬一樣，他母親又不肯，只在家裡，等著做些散工。因他的氣力大，做事勤敏，就每天有人喚他工作，比較他做長工的時候，勞力輕省，得錢又多。又得他母親的刻儉，漸積下些錢來。光陰似矢，容易地又過了三年。到得參十八歲的時候，她母親唯一未了的心事，就是為得參娶妻。經她艱難勤苦積下的錢，已夠娶妻之用，就在村中，娶了一個種田的女兒。幸得過門以後，和得參還協力，到田裡工作，不讓一個男人，又值年成好，他一家生計，暫不覺得困難。

得參的母親，在他二十一歲那一年，得了一個男孫子，以後臉上已見時現著笑容，可是亦已衰老了。她心裡的欣慰，使她責任心亦漸放下，因為做母親的義務，經已克盡了。但二十年來的勞苦，使她有限的肉體，再不能支持。亦因責任觀念已弛，精神失了緊張，病魔遂乘虛侵入，病臥幾天，她面上現著十分滿足、快樂的樣子歸到天國去了。這時得參的後父，和他只存了名義上的關係，況他母親已死，就各不相干了。

可憐的得參，他的幸福，已和他慈愛的母親，一併失去。

翌年，他又生下一女孩子。家裡頭因失去了母親，須他妻子自己照管，並且有了兒子的拖累，不能和他出外工作，進款就減少一半，所以得參自己不能不加倍工作，這樣辛苦著，過有四年，他的身體，就因過勞，伏下病根，在早季收穫的時候，他患著瘧疾，病了四、五天，才診過一次西醫，花去兩塊多錢，雖則輕快些，腳手尚覺乏力，在這煩忙的時候，而又是勤勉的得參，就不敢閒著在家裡，亦即耐苦到田裡去。到晚上回家，就覺得有點不好過，睡到夜半，寒熱再發起來，翌天也不能離床，這回他不敢再請西醫診治了。他心裡想，三天的工作，還不夠吃一服藥，哪得那麼些錢花？但亦不能放他病著，就煎些不用錢的青草，或不多花錢的漢藥服食。雖未全部無效，總隔兩三天，發一回寒熱，經過有好幾個月，才不再發作。但腹已很脹滿。有人說，他是吃過多的青草致來的，有人說，那就叫脾腫，是吃過西藥所致。在得參總不介意，只礙不能工作，是他最煩惱的所在。

當得參病的時候，他妻子不能不出門去工作，只有讓孩子們在家裡啼哭，和得參呻吟聲相和著，一天或兩餐或一餐，雖不至餓死，一家人多陷入營養不良，尤其是孩子們，猶幸他妻子不再生育……

一直到年末。得參自己，才能做些輕的工作，看看「尾衙」到了，尚找不到相應的工作，若一至新春，萬事停辦了，更沒有做工的機會，所以須積畜些新春半個月的食糧，得參的心裡，因此就分外煩惱而恐惶了。

末了，聽說鎮上生菜的販路很好。他就想做這項生意，無奈缺少本錢，又因心地坦白，不敢向人家告借，沒有法子，只得教他妻到外家走一遭。

一個小農民的妻子，哪有闊的外家，得不到多大幫助，本是應該情理中的事，總難得她嫂子，待她還好，把她唯一的裝飾品——一根金花——借給她，教她去當鋪裡，押幾塊錢，暫作資本。這法子，在她當得帶了幾分危險，其外又別無法子，只得從權了。

一天早上，得參買一擔生菜回來，想吃過早飯，就到鎮上去，這時候，他妻子才覺到缺少一桿「稱仔」。「怎麼好？」得參想，「要買一桿，可是官廳的專利品，不是便宜的東西，哪兒來的錢？」他妻子趕快到隔鄰去借一桿回來，幸鄰家的好意，把一桿尚覺新新的借來。因為巡警們，專在搜索小民的細故，來做他們的成績，犯罪的事件，發見得多，他們的高昇就快。所以無中生有的事故，含冤莫訴的人們，向來是不勝枚舉。什麼通行取締、道路規則、飲食物規則、行旅法規、度量衡規紀，舉凡日常生活中的一舉一動，通在法的干涉、取締範圍中——。他妻子為慮萬一，就把新的「稱仔」借來。

這一天的生意，總算不壞，到市散，亦賺到一塊多錢。他就先糴些米，預備新春的糧食。過了幾天糧食足了，他就想，「今年家運太壞，明年家裡，總要換一換氣象才好，第一廳上奉祀的觀音畫像，要買新的，同時門聯亦要換，不可缺的金銀紙、香燭，亦要買。」再過幾天，生意屢好，他又想炊一灶年糕，就把糖米買回來。他妻子就忍不住，勸他說：「剩下的錢積積下，待贖取那金花，不是更要緊嗎？」得參回答說：「是，我亦不是把這事忘卻，不過今天才廿五，那筆錢不怕賺不來，就賺不來，本錢亦還在。當鋪裡遲早，總要一個月的利息。」

一晚市散，要回家的時候，他又想到孩子們。新年不能有件新衣裳給他們，做父親的義務，有點不克盡的缺憾，雖不能使孩子們享到幸福，亦須給他們一點喜歡。他就剪了幾尺花布回去。把幾日來的利益，一總花掉。

這一天近午，一下級巡警，巡視到他擔前，目光注視到他擔上的生菜，他就殷勤地問：

「大人，要什麼不要？」

「汝的貨色比較新鮮。」巡警說。

得參接著又說：

「是，城市的人，總比鄉下人享用，不是上等東西，是不合脾胃。」

「花菜賣多少錢？」巡警問。

「大人要的，不用問價，肯要我的東西，就算運氣好。」參說。他就擇幾莖好的，用稻草貫著，恭敬地獻給他。

「不，稱稱看！」巡警幾番推辭著說，誠實的參，亦就掛上「稱仔」稱一稱說：

「大人，真客氣啦！才一斤十四兩。」本來，經過秤稱過，就算買賣，就是有錢的交關，不是白要，亦不能說是贈與。

「不錯罷？」巡警說。

「不錯，本有兩斤足，因是大人要的……」參說。這句話是平常買賣的口吻，不是贈送的表示。

「稱仔不好罷，兩斤就兩斤，何須打扣？」巡警變色地說。

「不，還新新呢！」參泰然地點頭回答。

「拿過來！」巡警赫怒了。

「稱花還很明瞭。」參從容地捧過去說。巡警接到手裡，約略考察一下說：

「不堪用了，拿到警署去！」

「什麼緣故？修理不可嗎？」參說。

「不去嗎？」巡警怒叱著。「不去？畜生！」撲的一聲，巡警把「稱仔」打斷擲棄，隨抽出胸前的小帳子〇44，把參的名姓、住處、記下。氣憤憤地回警署去。

參突遭這意外的羞辱，空抱著滿腹的憤恨，在擔邊失神地站著。等巡警去遠了，才有幾個閒人，近他身邊來。一個較有年紀的說：「該死的東西，到市上來，只這規紀亦就不懂？要做什麼生意？汝說幾斤幾兩，難道他的錢汝敢拿嗎？」

「難道我們的東西，該白送給他的嗎？」參不平地回答。

「唉！汝不曉得他的厲害，汝還未嘗到他，青草膏的滋味。」那有年紀的嘲笑他說。

「什麼？做官的就可任意凌辱人民嗎？」參說。

「硬漢！」有人說。眾人議論一回、批評一回，亦就散去。

得參回到家裡，夜飯前吃不下，只悶悶地一句話不說。經他妻子殷勤的探問，才把白天所遭的事告訴給她。

「寬心罷！」妻子說，「這幾天的所得，買一桿新的還給人家，剩下的猶足贖取那金花回來。休息罷，明天亦不用出去，新春要的物件，大概準備下，但是，今年運氣太壞，怕運氣帶有官符，經這一回事，明年快就出運，亦不一定。」

參休息過一天，看看沒有什麼動靜，況明天就是除夕日，只剩得一天的生意，他就安坐下來，絕早挑上菜擔，到鎮上去。此時，天色還未大亮，在曉景朦朧中，市上人聲，早就沸騰，使人愈感到「年華垂盡，人生頃刻」的悵惘。

到天亮後，各擔各色貨，多要完了，有的人，已收起擔頭，要回去圍爐，過那團圓的除夕，償一償終年的勞苦，享受著家庭的快樂。當這時參又遇到那巡警。

「畜生，昨天跑到哪兒去？」巡警說。

「什麼？怎得隨便罵人？」參回說。

「畜生，到衙門去！」巡警說。

「去就去呢，什麼畜生？」參說。

巡警瞪他一眼便帶他上衙門去。

「汝秦得參嗎？」法官在座上問。

「是，小人，是。」參跪在地上回答說。

「汝曾犯過罪嗎？」法官。

「小人生來將三十歲了，曾未犯過一次法。」參。

「以前不管他，這回違犯著度量衡規則。」法官。

「唉！冤枉啊！」參。

「什麼？沒有這樣事嗎？」法官。

「這事是冤枉的啊！」參。

「但是，巡警的報告，總沒有錯啊！」法官。

「實在冤枉啊！」參。

「既然違犯了，總不能輕恕，只科罰汝三塊錢，就算是格外恩典。」官。

「可是，沒有錢。」參。

「沒有錢，就坐監三天，有沒有？」官。

「沒有錢！」參說，在他心裡的打算：新春的閒時節，監禁三天，是不關係什麼，還是三塊錢的用處大，所以他就甘心去受監禁。

參的妻子，本想洗完了衣裳，才到當鋪裡去，贖取那根金花。還未曾出門，已聽到這凶消息，她想：在這時候，有誰可央托，有誰能為她奔走？愈想愈沒有法子，愈覺傷心，只有哭的一法，可以少舒心裡的痛苦，所以，只守在家裡哭。後經鄰右的勸慰、教導，才帶著金花的價錢，到衙門去，想探探消息。

鄉下人，一見巡警的面，就怕到五分，況是進衙門裡去，又是不見世面的婦人，心裡的驚恐，就可想而知了。她剛跨進郡衙的門限，被一巡警的「要做什麼」的一聲呼喝，已嚇得倒退到門外去，幸有一十四來歲的小使，出來查問，她就哀求他，替伊探查，難得那孩子童心還在，不會倚勢欺人，誠懇地替伊設法，教她拿出三塊錢代繳進去。

「才監禁下，什麼就釋出來？」參心裡正在懷疑地自問。出來到衙前，看著她妻子。

「為什麼到這兒來？」參對妻子問。

「聽……說被拉進去……」她微咽著聲回答。

「不犯到什麼事，不至殺頭怕什麼。」參怏怏地說。

他們來到街上，市已經散了，處處聽到「辭年」的爆竹聲。

「金花取回未？」參問她妻子。

「還未曾出門，就聽到這消息，我趕緊到衙門去，在那兒繳去三塊，現在還不夠。」妻子回答他說。

「唔！」參恍然地發出這一聲，就拿出早上賺到的三塊錢，給他妻子說：

「我挑擔子回去，當鋪怕要關閉了，快一些去，取出就回來罷。」

「圍過爐」，孩子們因明早要絕早起來「開正」各已睡下，在做他們幸福的夢。參尚在室內踱來踱去。經他妻子幾次的催促，他總沒有聽見似的，心裡只在想，總覺有一種不明瞭的悲哀，只不住漏出幾聲的嘆息，「人不像個人，畜生，誰願意做。這是什麼世間？活著倒不若死了快樂。」他喃喃地獨語著，忽又回憶到母親死時，快樂的容貌。他已懷抱著最後的覺悟。

元旦，參的家裡，忽譁然發生一陣叫喊、哀鳴、啼哭。隨後，又聽著說：「什麼都沒有嗎？」「只『銀紙』備辦在，別的什麼都沒有。」

同時，市上亦盛傳著，一個夜巡的警吏，被殺在道上。

這一幕悲劇，看過好久，每欲描寫出來，但一經回憶，總被悲哀填滿了腦袋，不能著筆。近日看到法朗士的〈克拉格比〉才覺這樣事，不一定在未開的國裡，凡強權行使的地上，總會發生，遂不顧文字的陋劣，就寫出給文家批判。

從小學到高中，我一直是對國文課比較有興趣的學生。特別是在高中，由於選了社會組，也因為興趣而加入校刊社，當時的我就這樣懷抱著非常純粹的文青夢，想成為一個「讀中文系的人」。

只不過，國文課本裡面有一篇課文，讓我的想法動搖了。儘管我其實是因為成績不夠好而沒能順利考上中文系，但許多年過去了，這篇課文自當時之後持續帶給我的動搖，讓我確認那是我後來成為「讀臺文系的人」，而一腳踏入臺灣文學研究的起點。

那篇文章，就是日治時代臺灣文學作家，賴和的課本名作〈一桿稱仔〉。

「飛白」修辭以及語言的位階歧視

在文言文、白話文交錯編列，古代、近現代時序錯亂，還外掛了好幾本《中華文化基本教材》才完整的「國文課本」中，〈一桿稱仔〉顯得非常特別。因為它和課本中其他的現代散文不一樣，這篇朝向中國白話文拚命練習出來的作品，既沒辦法用「國語」順暢地朗讀，通篇還瀰漫著濃厚的「臺灣味」，充斥著不少「臺灣話」的詞彙。雖然這種在文章當中摻寫臺語的寫法並不是什麼新鮮事，有很多人從黃春明、王禎和等鄉土作家的作品中就能讀到這樣的感覺，但賴和的寫法和文章的整體感，又和這些戰後作家明顯不同。

我想著，到底是什麼樣的時代狀況，會讓賴和寫出這樣的文章？他們當時所說的，甚至想寫出來的語言，就是我和阿公阿媽講的「閩南語」嗎？後來也有人有這樣寫嗎？為什麼我們現在看不到這樣的文章了呢？

我印象更深刻的，是當時我的國文老師提起這種在文章當中使用「方言」的情況，其實是一種叫做「飛白」的修辭格。但「飛白」在那麼多常見的修辭格中顯得非常冷僻，畢竟國文課本當中很少會出現和〈一桿稱仔〉狀況類似的文章，所以它並不是各版本教學手冊都會補充的資料，甚至連一般的「修辭學」課本也不見得會講到。把「飛白」說成是國文課本裡面的冷知識，也許一點也不為過吧！

我的國文老師如此認真，引起了我對「臺灣文學」的興趣和疑惑。直到我大學時讀到了黃慶萱老師的《修辭學》（這是一本修辭學課程中相當有代表性的著作），才釐清這個修辭格背後的關鍵，以及我懸念了許多年的問題。

黃慶萱對「飛白」（或稱「飛別」）的定義如下：

> 為了存真或逗趣，刻意把語言中的方言、俚語、吃澀、錯別、以至行話、黑話，加以

紀錄或援用的，叫作「飛白」。

其中，關於方言一例，他補充道：

方言的使用，對懂得此種方言的人，有一種親切感；對不懂此種方言的人，有一種新奇感。更要緊的是，方言豐富了國語的詞彙，使國語永保其新鮮而不致腐朽。

乍看之下，「飛白」似乎是為「國語」創造了更多可能性，包容了俚語、方言、行話、黑話、吃澀（即「口吃結巴」）等等被歸類為「來自民間」、「鄙俗不典」的語言。但換句話說，「飛白」這個修辭格的存在，也明示了「國語」其實有一套遊戲規則，例如「正式」與「非正式」的區別，「官方」和「民間」用語之分，而且通常也是語言位階之分，有「典雅」和「通俗」（低俗）的價值判斷在內，形成了「正確／好／高級」的語言規範——簡而言之，「飛白」本身正是一套「語言的標準」與「標準的語言」的運作機制，說明了「方言」、「俚語」、「行話」和「黑話」的使用條件，以及這些語言的「位階」，「規範」它們只適合在哪些不得已的情況、需求或效果下出現。

回到國文課本，〈一桿稱仔〉做為早期的作品，而且寫作時間早於「臺灣話文論戰」，賴和的確有應該是先學習中國北京話的文體，並盡可能把臺語的白讀音寫出來，也就是所謂的「臺灣話文」。但假如我們真的用「飛白」來思考〈一桿稱仔〉，會出現一個很有趣的狀況：賴和在文章中刻意使用「臺灣話（文）」，是為了「豐富國語的詞彙，使國語永保其新鮮而不致腐朽」嗎？賴和身處日本時代，理論上，他的「國語」應該是「日語」才對，對一生堅持不用日語寫作的賴和而言，說他「用臺語豐富國語（日語）」的思維也未免太超現實。

再來，賴和更不可能玩穿越梗，要用「戰前的臺灣話」來豐富「戰後的國語（華語）」。所以，用「飛白」來理解〈一桿稱仔〉寫作當時的語境，顯然是一個無視歷史現實，用戰後以來的語文環境來解釋戰前文本的後設錯誤，同時也複製了「國語」對「方言」的位階歧視。

那麼，有沒有可能為了豐富當時從中國傳過來的「中國北京話」呢？從整場「臺灣話文論戰」的討論來看，論戰的正方為了伸張「臺灣話文」的正當性，同時做為某種政治認同，而讓臺灣話文能保持與中國白話文的「共通性」，他們設想中國讀者透過漢字也能勉強看懂「寫出來的臺灣話」，既然如此，「用臺語豐富中國北京話」的假設也就相當不切實際；論戰的反方則是壓根認為臺灣話粗鄙無文、中國讀者鐵定看不懂，而且學中國北京話，無論是學習成本或傳播效益都相對經濟得多。因此，在日本時代的語境中即使有這樣的論點，應該也不太有被討論的空間。

既然如此，賴和到底為什麼要寫出這樣的「臺灣話文」？

臺灣話文的時代課題

簡而言之，由於臺灣在甲午戰爭之後成為日本的統治地，不但在政治上尋求臺灣人自治的機會渺茫，在語言、文化方面，也要面對日文越來越強勢的滲透與侵蝕。在這種情況下，臺灣作家們既要面對強烈的文化與認同危機，又必須帶領、啟蒙群眾（殖民地的勞苦大眾）跟上新時代、破除舊慣習，主張「以（勞苦大眾能明白的）臺灣話書寫臺灣文學」的「臺灣話文」，於是成為保留語文（做為認同基礎），同時又能啟蒙大眾的「言文一致」書寫方案。

而賴和，就是在這條道路上的實踐者之一，並且隨著時間與論戰的洗禮，賴和在文章中使用以臺灣話的「白音」書寫出的「臺灣話（文）」的頻率越來越高。只可惜「臺灣話文運動」終究沒有成功，賴和長年來先以文言文（漢文）思考寫作，據之改成（類）中國白話文，再逼近臺灣話文的三重苦心，以及整個「臺灣話文運動」的遺產，就這樣被時代淹沒了。

然而，臺灣話文的時代課題就這樣結束了嗎？

一九五〇、六〇年代，有一群臺灣作家在不知道戰前歷史的情況下，開始挑戰各種來自「國語」的歧視與壓抑，嘗試用「方言」寫詩。

一九八〇年代中期，「臺語文學」從「方言文學」正名而來，甚至發生了一場討論內容和一九三〇年代相當類似的「臺語文學論戰」。

二〇一一年，鄉土文學作家黃春明與成大臺文系副教授蔣為文因為「臺語文的商榷」發生激烈的爭執。

如今，民間訴求成立「臺語公共電視臺」傳承臺語文化，卻招致許多反對聲浪……

這是一個纏繞臺灣將近一百年，卻消失在歷史和文學史當中的大哉問，但我們的國文／語文教育至今卻無力處理。如果我們重返殖民地臺灣的語境，「假如賴和寫的都是臺語呢？」這樣的思路，能不能為〈一桿稱仔〉展開更豐富的討論？我們對國文課，甚至臺灣社會的「語」和「文」，會不會有更多元的想像？身為一個「讀臺文系的人」，衷心希望這個問題在不久以後，能成為課堂上熱烈討論的話題，也成為一個和自己也和社會息息相關的現實議題。

然後，有朝一日，它將不會再是問題。

問題與討論

一、你認為當時的臺灣知識分子為了對抗日語的侵略而提倡「臺灣話文運動」，是不是一種「福佬沙文主義」？

二、我們身處多語言、多族群、多文化的臺灣，你認為我們的「國家語言」、「官方語言」和「通行語言」應該會是哪些語言？用哪一種文字呈現？又該怎麼決定？

延伸文本

一、賴和著，林瑞明編，《賴和全集1（小說卷）》（臺北：前衛，2000年6月）。除了〈一桿稱仔〉，可以再多讀幾篇賴和其他的小說作品，並根據時間先後，體會他在文章中書寫語語法和詞彙的情況，感受時代語境。

二、中島利郎編，《一九三〇年代臺灣鄉土文學論戰資料彙編》（高雄：春暉，2003年3月）。本書收錄一九三〇年代鄉土文學論戰／臺灣話文論戰已出土的相關資料，從中可了解賴和、郭秋生、黃石輝等人等支持並發起臺灣話文運動、據以創作的理論基礎。同時亦可根據雙方主張的論點，玩味當時論戰往來的書面語言。

三、秘密讀者編輯團隊編，《秘密讀者：停滯在——臺灣、文學、史》電子書，（2014年10月）。本期《祕密讀者》以臺灣文學史為主題，談及臺灣文學的多語特性及文學史書寫、傳播的諸多問題，供讀者思考我們當前對戰前臺灣文學的各種認識，是如何被有限地建構、堆砌出來的。

細讀——看看作者對我們做了什麼

第七課

不只能打爆你的腦，還能打爆你的攻城器……

〈墨子選・公輸〉分析

文／厭世哲學家

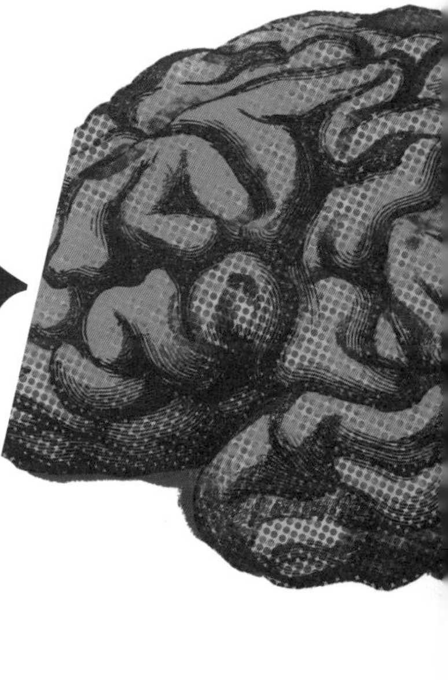

墨子〈墨子選・公輸〉

公輸盤為楚造雲梯之械，成，將以攻宋。

子墨子聞之，起於魯，行十日十夜，而至於郢，見公輸盤。

公輸盤曰：「夫子何命焉為？」

子墨子曰：「北方有侮臣者，願借子殺之。」公輸盤不說。

子墨子曰：「請獻十金。」

公輸盤曰：「吾義固不殺人！」

子墨子起，再拜，曰：「請說之。吾從北方聞子為梯，將以攻宋。宋何罪之有？荊國有餘於地而不足於民。殺所不足而爭所有餘，不可謂智；宋無罪而攻之，不可謂仁；知而不爭，不可謂忠；爭而不得，不可謂強。義不殺少而殺眾，不可謂知類。」

公輸盤服。

子墨子曰：「然胡不已乎？」

公輸盤曰：「不可，吾既已言之王矣。」

子墨子曰：「胡不見我於王？」

公輸盤曰：「諾！」

子墨子見王，曰：「今有人於此，舍其文軒，鄰有敝輿，而欲竊之；舍其錦繡，鄰有短褐，而欲竊之；舍其粱肉，鄰有糠糟，而欲竊之——此為何若人？」

王曰：「必為有竊疾矣。」

子墨子曰：「荊之地方五千里，宋之地方五百里，此猶文軒之與敝輿也；荊有雲夢，犀兕麋鹿滿之，江漢之魚鱉黿鼉為天下富，宋所謂無雉兔鮒魚者也，此猶粱肉之與糠糟也；荊有長松文梓楩楠豫章，宋無長木，此猶錦繡之與短褐也。臣以王事之攻宋也，為與此同類。臣見大王之必傷義而不得。」

王曰：「善哉！雖然，公輸盤為我為雲梯，必取宋。」

於是見公輸盤。子墨子解帶為城，以牒為械，公輸盤九設攻城之機變，子墨子九距之。公輸盤之攻械盡，子墨子之守圉有餘。

公輸盤詘，而曰：「吾知所以距子矣，吾不言。」

子墨子亦曰：「吾知子之所以距我，吾不言。」

楚王問其故。

子墨子曰：「公輸子之意不過欲殺臣；殺臣，宋莫能守，乃可攻也。然臣之弟子禽滑厘等三百人，已持臣守圉之器，在宋城上而待楚寇矣。雖殺臣，不能絕也。」

楚王曰：「善哉！吾請無攻宋矣。」

子墨子歸，過宋。天雨，庇其閭中，守閭者不內也。

故曰：治於神者，眾人不知其功。爭於明者，眾人知之。

[redacted]

墨子：古代的「超級英雄」

今天我們要介紹的，是史上最 man 的哲學家——墨子。之所以說墨子很 man，並不是因為小編見過他本人，也不是他有壯碩的胸肌、腹肌、二頭肌，而在於他這個人超有擔當，超有魄力，行動力超高，而且超有理想性。墨子就是那種為了實現理想，願意吃苦耐勞、奮鬥不懈、永不放棄的男子漢啊！連莊子都忍不住讚歎：「墨子真是天下間最極品的男人了！這麼好的男人，你打著燈籠都再也找不到了！」[註1]（要不是因為墨子比莊子早死個幾十年，我看莊子都想嫁給他了。）

提到墨子，大家應該都知道，他是提倡「兼愛」跟「非攻」的。其實墨子的想法很簡單，他相信：要是天下人都能去除「自私」之心，對待別人就像對待自己一樣，不要有任何差別，彼此互親互愛，天下就能太平了[註2]。請你想想看：如果你把別人的身體當成自己的身體，你還會捨得去傷害別人嗎？如果連傷害別人的身體都做不到，又怎麼可能會去攻打別人的國家呢？

只要「兼愛」，就能「非攻」，然後天下太平。墨子的理論聽起來很美好對不對？但是天下間有幾個人做得到呢？我想，除了墨子之外，大概沒幾個人能做得到吧！

但你以為墨子只是個空有理念、只會說好聽話的思想家而已嗎？絕對不是的。墨子是個非常務實的人，他很清楚，若要實現「兼愛」與「非攻」的理念，一定要透過很多強硬的手段，例如恐嚇、威脅，甚至「以暴制暴」——如果對方就是要跟你耍流氓，那你就必須比他更流氓，才能阻止對方的惡行。因此，墨子雖然主張「非攻」，但他絕對不是不能「攻」，（墨子哭喊：我不是「受」！）只是他把力量當成一種手段，用來緩衝、化解外界的衝突，以實現「和平」的理念。

誰說世界上沒有超級英雄？依我看，墨子就是超級英雄！

論辯方法：善用譬喻法與類推法，設下圈套

說了這麼多，不如趕快看看《墨子》這本書是怎麼描述墨子的。今天我們要看的〈公輸〉這篇文章，並不是死板板的哲學理論，而是一篇非常精彩的歷史故事。這篇故事的內容大意是：有一天，楚國想要去攻打宋國，墨子聽到這個消息後，馬上趕到楚國去，說服楚王放棄這個計劃，想不到最後竟然成功了！——天啊！墨子到底是如何以一個人的力量，阻止一場國際戰爭，拯救一整個國家的人命呢？墨子真的是太man了啦！（迷妹式尖叫！）

故事要從「公輸盤」這個人說起。公輸盤，又叫魯班，是戰國時代一個鬼才發明家、科學家，有一句成語「班門弄斧」就是用魯班的典故。有一天，公輸盤替楚國製造了一種叫「雲梯」的機器。「雲梯」，顧名思義，就是很高的梯子，當然就是為了讓士兵越過城牆，攻打敵國的器具。墨子聽說了這件事，馬上從齊國（山東）趕到楚國（江南）去阻止公輸盤。書上說墨子一連走了十日十夜，你想想看，在那個沒有火車跟高鐵的年代，墨子肯定是超級英雄，用飛的，不然怎麼可能才花十天就從北方走到南方！

見到公輸盤之後，墨子並沒有直說來意（否則墨子大概直接被拒於門外吧），而是先問了公輸盤一個問題：

墨子說：「齊國有一個侮辱我的人，你可不可以去幫我殺了他？」

公輸盤聽了很不高興。墨子接著說：「我願意給你十鎰黃金。」

公輸盤說：「去你的！我這個人也是有原則的，我的原則就是不殺人。」

墨子聽到後，馬上站起來說：「嘿嘿，被我抓到了吧！」原來墨子剛剛問的問題，只是一個譬喻，也是一個讓公輸盤跳下來的陷阱。這個陷阱是怎麼操作的呢？

墨子叫公輸盤去殺人→人雖然是公輸盤殺的→但真正兇手是墨子

公輸盤為楚國造了雲梯→楚國用雲梯去攻城→真正兇手是公輸盤

所以墨子說：「我剛剛叫你殺一個人，你不願意，但現在讓你去殺一整個國家的人，你竟然願意。你的邏輯廢了嗎？你不是腦殘又是什麼？」此外，墨子又指出攻城的行為是「不智」、「不仁」、「不忠」、「不強」，所以公輸盤不只是個腦殘，還是個沒有道德的腦殘。我們可以看到，墨子運用簡單的類推法，指出公輸盤的自相矛盾之處，把他的臉給打腫了。

公輸盤聽了，自知理虧，就向墨子認輸。於是，這個故事就全劇終了。

喂，怎麼可能就這樣結束呢！公輸盤也是個老奸巨猾的狠角色，他雖然在嘴上辯不贏墨子，但他可沒有打算放棄。他說：「我沒辦法放棄啊！我已經答應過楚王了，我不能失信於人。」言下之意是：就算你辯贏我也沒有用，這事情我做不了主，你得自己去跟楚王商量。這就輕巧地把責任推到楚王身上了，公輸盤自己倒是一乾二淨。

於是墨子只能跑去跟楚王論辯。

墨子見到楚王，也沒有直接說出來意（否則應該直接被拖出去斬了），而是問了楚王一些不相干的問題：

墨子說：「現在這裡有一個人，不要華麗的絲織品，卻打算去偷鄰居的粗布短衣；不要美食佳餚，卻打算去偷鄰居的糟糠。這是怎麼樣的一個人呢？」

楚王說：「這個人肯定是得了偷東西的強迫症。」

原來這就是墨子的把戲！跟剛剛一樣，這個問題也是個譬喻，是墨子特地挖了個陷阱給楚王跳。這個陷阱是這樣運作的：

明明有好的東西→卻又去偷不好的東西→這個人有偷東西的強迫症

楚國領土廣→卻又想要佔領小國的領土→楚王有偷東西的強迫症

楚國物產豐美→卻又想要奪取小國的物資→楚王有偷東西的強迫症

楚國林木茂盛→卻想要奪取沒有林木的小國→楚王有偷東西的強迫症

看出墨子的厲害之處了嗎？他先問一個不相干的問題，讓楚王回答，再透過類推法，把楚王的答案丟回他自己身上。從頭到尾，墨子都沒有說楚王有強迫症，而是楚王自己承認自己有強迫症的，這就是「挖洞給別人跳」的極致啊！

同學，你是否把墨子的論辯方法學起來了呢？簡而言之，就是先用譬喻法設下陷阱，引誘對方回答，再透過類推法，指出對方邏輯的自相矛盾之處。下次你跟同學論辯的時候，不妨用用看這個技巧，真的很好用的哦！

心理戰術：墨子的大智慧

你以為楚王就這樣放棄攻打宋國了嗎？並沒有！想不到楚王也是個有城府的人，他就說了一句：「我沒辦法放棄啊，公輸盤已經把雲梯都造出來了，我怎麼能辜負他的用心呢？」這就把皮球又踢回公輸盤身上了。（公輸盤心裡一定想罵髒話……）

於是墨子又跑去找公輸盤。（墨子心裡肯定也想罵髒話……）

墨子跑回去找公輸盤幹什麼呢？原來兩個人要玩桌遊呢！

墨子解下腰帶，圍成一座城的樣子，用小木片作為守備的器械。公輸盤多次變換攻城的器械與陣法，墨子卻每次都破除了。公輸盤攻戰的器械用盡了，墨子的守御戰術卻還沒用盡。（所以是墨子打贏了。）

沒錯，這就是有史以來最早的桌遊了！雖然公輸盤能造出很厲害的攻城器具，但想不到墨子比他更厲害，墨子就用最陽春的守城器械，依然能打敗公輸盤的高科技。兩人高下立判！

這場桌遊的意義是：就算公輸盤真的拿雲梯去攻打宋國，只要有墨子在，這就是一場必敗的戰爭，不如就此打消主意吧！

同學，你以為公輸盤真的就此放棄了嗎？

公輸盤冷笑一聲，說：「我知道有個方法可以阻止你，但我不想說破。」

墨子也冷笑了一聲：「我知道你要用什麼方法阻止我，但我也不想說破。」

有什麼方法可以阻止墨子呢？很簡單，就是當場將墨子格殺，讓他沒辦法去幫助宋國。

天啊，公輸盤真是太腹黑了！

這邊我們要先討論一個問題：為什麼公輸盤跟墨子兩個人都不願意把這件事說破呢？

這是第一場心理戰。之所以不能說，因為這是「下策」，桌遊玩輸了，就只好翻桌殺人，這是十分沒有風度、沒有道義之事。此外，如果說出來就等於撕破臉（無論哪一方說），事情可能就無法挽回；如果不說，事情還有挽回的餘地，只要墨子願意放棄，雙方就可以當做這件事從來沒發生過，也算是給對方一個臺階下。公輸盤就是透過這種故弄玄虛的方式，想給墨子施加心理上的壓力。

但我們的超級英雄——墨子，怎麼可能會放棄！

墨子說：「我的弟子禽滑釐等三百人，已經手持我守禦用的器械，在宋國的都城上等待楚國軍隊了。就算殺了我，我的弟子卻是殺不盡的。」

楚王說：「好吧，看來我只能放棄了。」

這是第二場心理戰。墨子要跟楚王說的是：你以為我完全沒有任何準備，就孤身深入敵營嗎？你也太小看我了！我早已做好萬全的準備，就算你想跟我拚個魚死網破，最後你們也絕不可能達到目的。在墨子的重重威嚇之下，楚王也只能選擇放棄了。他原先大概沒想到，自己竟然惹上一個智勇雙全的大流氓吧！

等一下，為什麼我說這是第二場心理戰呢？心理戰在哪裡？

嘿嘿，你該不會以為墨子真的有派禽滑釐等三百人去宋國吧？

第一，墨子一聽到公輸盤造雲梯的消息，就立刻從齊國日夜兼程地趕往楚國，他真的有時間吩咐弟子趕往宋國相助嗎？或者，他真的有時間把守城的方法都傳授給弟子們嗎？

第二，如果真的有的話，事件結束後墨子經過宋國避雨，守門人不應不知此人為墨子。就算宋國人民不知道，但宋國裡面不是有墨子派去的三百多人？難道他們沒人出來接應墨子？沒人提供地方讓墨子避雨？此於理不通。

由此可知，墨子完全是靠自己一個人的智慧與勇氣，將這一場大戰消弭於無形的。墨子的智慧在於他能夠洞燭機先，防患於未然，而不是在事件發生後才積極搶救，難怪沒人知道這是他的功績。

「治於神者，眾人不知其功，爭於明者，眾人知之。」

你知道為什麼超級英雄都要戴面具嗎？因為超級英雄不是為了要讓大家崇拜他，他才來拯救這個世界的；墨子甚至連面具都不用戴，因為他連英雄的作為都不展現出來，沒有任何人會意識到他是英雄。

對我來說，這樣的人才是真正的超級英雄。

註

1.《莊子・天下》：「墨子真天下之好也！將求之不得也！」

2.《墨子・兼愛上》：「當察亂何自起？起不相愛。……若使天下兼相愛，國與國不相攻，家與家不相亂，盜賊無有，君臣父子皆能孝慈，若此則天下治。」

問題與討論

一、說到「辯論」，一般人會直覺想像為「看誰比較有道理、有邏輯」的活動，但從本文詮釋的墨子來看，現實生活中的辯論，除了道理和邏輯以為，還有哪些重要的技巧？你對於使用道理與邏輯之外的技巧，有什麼樣的道德評價？

二、對照〈墨子選．公輸班〉原文與本文的詮釋，你同意「墨子其實沒有派三百名弟子前往宋國」的論點嗎？如果同意，是從原文何處看出來的？如果不同意，能否從原文找到反對的證據？

延伸文本

一、劉向編訂《戰國策》。

二、克勞塞維茲《戰爭論》。

第八課

人生需要的，不過是覺悟罷了……

〈孟子選・公孫丑・上〉

文／瀟湘神

孟子〈公孫丑．上〉

公孫丑問曰：「夫子加齊之卿相，得行道焉，雖由此霸王不異矣。如此，則動心否乎？」

孟子曰：「否。我四十不動心。」

曰：「若是，則夫子過孟賁遠矣！」

曰：「是不難。告子先我不動心。」

曰：「不動心有道乎？」

曰：「有。北宮黝之養勇也，不膚橈，不目逃；思以一毫挫於人，若撻之於市朝。不受於褐寬博，亦不受於萬乘之君；視刺萬乘之君，若刺褐夫，無嚴諸侯；惡聲至，必反之。孟施舍之所養勇也，曰：『視不勝猶勝也。量敵而後進，慮勝而後會，是畏三軍者也。舍豈能為必勝哉？能無懼而已矣。』孟施舍似曾子，北宮黝似子夏。夫二子之勇，未知其孰賢；然而孟施舍守約也。昔者曾子謂子襄曰：『子好勇乎？吾嘗聞大勇於夫子矣：自反而不縮，雖褐寬博，吾不惴焉？自反而縮，雖千萬人，吾往矣！』孟施舍之守氣，又不如曾子之守約也。」

曰：「敢問夫子之不動心，與告子之不動心，可得聞與？」

「告子曰：『不得於言，勿求於心；不得於心，勿求於氣。』不得於心，勿求於氣，可；不得於言，勿求於心，不可。夫志，氣之帥也；氣，體之充也。夫志至焉，氣次焉，故曰：『持其志，無暴其氣。』」

「既曰『志至焉，氣次焉』，又曰『持其志，無暴其氣』者，何也？」

曰：「志壹則動氣，氣壹則動志也。今夫蹶者，趨者，是氣也；而反動其心。」

「敢問夫子惡乎長？」

曰：「我知言，我善養吾浩然之氣。」

「敢問何謂浩然之氣？」

曰：「難言也。其為氣也，至大至剛，以直養而無害，則塞於天地之間。其為氣也，配義與道；無是，餒也。是集義所生者，非義襲而取之也；行有不慊於心，則餒矣。我故曰告子未嘗知義，以其外之也。必有事焉而勿正，心勿忘，勿助長也。無若宋人然：宋人有閔其苗之不長而揠之者，芒芒然歸，謂其人曰：

『今日病矣！予助苗長矣！』其子趨而往視之，苗則槁矣！天下之不助苗長者寡矣。以為無益而舍之者，不耘苗者也。助之長者，揠苗者也；非徒無益，而又害之。」

我想，孟子若活在當代，肯定會是個動漫迷。說法或許惹來懷疑。那位被稱為亞聖的偉人，怎會對動漫這種低俗的玩意有興趣？太不敬了！但仔細想想，所謂的動、漫畫，不就只是傳遞訊息的媒介嗎？功能上，跟寫滿文字的書籍也沒多大不同。況且，這番假說看似離經叛道，可不是毫無根據；事實上，孟子所推崇的人生觀，可是當代動漫作品中極常見的主題！要是孟子看到了，能不拍著大腿直呼「深得我心」嗎？就算反應沒這麼大，至少也會捧著漫畫書，扭扭捏捏地碎嘴「不無道理嘛」，在臉書發表幾篇長度適中的精彩評論文（請別誤會，不是因為過度沈迷，那是一種經營社群的手段。孟子的學習力這麼強，自然掌握了高科技發展之下的人心動態）。

這只是閒話，就不多說，但孟子到底推崇怎樣的人生觀呢？

簡單說，就是「熱血」。

不知道各位是否熟悉動漫作品中的「熱血」，敝人就班門弄斧解說一番吧。所謂熱血場景，通常是角色身處絕境，以灼熱的眼神與覺悟面對險阻，無論是刀劍、魔法、爆炸飛濺出來的碎片或蠻橫的暴力，即使遍體鱗傷也不後退半步，直到最後都貫徹自己的意志。當這樣的場景出現，我們就會忍著心中的淚水，在心底讚嘆這樣的角色真是有夠熱血。

孟子真的認同這種生活態度？是的，半點不假。這種性格，在本篇文章可是展露無疑，只要逐步分析，便知分曉。以下，我便將證據一一列出。

三個「不動心」

孟子當了齊國的卿相，弟子公孫丑問他開不開心（不知為何語氣有點嘲諷），孟子平淡地回答他，「沒什麼，我四十歲後就不動心了。」

不動心，聽來很了不起，其實就是說他心緒不受外境影響，就算功成名就、大有可為，他也沒有暗爽在心。開玩笑，四十歲當卿相算什麼？真正的不動心，可是「貧賤不能移，富貴不能淫，威武不能屈」啊！他在〈滕文公〉篇親口說過；無論外在環境改變得多劇烈，都不會動搖其意志。從這裡，已經能嚼出一些熱血興味，但要真正展現其崇尚熱血的性格，卻要看他舉的三個「不動心」之例。

公孫丑問不動心可以效法嗎？孟子說「沒問題」，便舉了這些例子。第一個範例北宮黝，即使放到當代的動作片裡，都會是硬漢中的硬漢；拿針刺他眼睛，眨也不眨一下，無論對方是何身分，都不放在眼裡，暗殺大人物跟殺個路人沒什麼兩樣。要是孔子聽到這例子，恐怕會嚇得跳到椅子上，大喊「哪來的暴虎馮河之輩」！這種帶著「兄弟」氣質的不動心，竟被孟子讚賞，還說「相較之下，北宮黝像是子夏」（對，就是那個擅長文學、孔門十哲中的子夏）；不瞭解孟子的人聽到這番話，恐怕會比孔子還驚嚇吧？

第二個範例孟施舍，是位鐵了心的將領，無論是怎樣的仗，他都當成「會贏」。這想法乍聽之下有些阿Q，但他是這麼想的：如果只打會贏的仗，豈不是還沒打就先怕了？與其說他是盲目自信，不如說他是不管情況多麼不利，都只專注找出勝利之道，以此保持無懼。在動畫《新世紀福音戰士》中，對成功率不到萬分之一的作戰計畫，負責人只說了句：「機率並不是零。」孟施舍的不動心，大概便是如此。

而不動心的最高境界，則是曾子從孔子那裡聽說的「大勇」；要是反省後心虛，即使對方身分低賤，也沒什麼好逞強的，要是反省後覺得自己沒錯，那就算全天下都反對，也要勇往直前。這種氣魄，簡直像是動畫《天元突破》的開場，主角面對宇宙無窮的星光，即使「天上的光芒都是敵人」，仍以無畏的笑容面對；要不要退縮，看的是自己的內心，而不是處境險不險惡。

這三者有高下之分，但都有同樣特質：熱血。不管外在條件如何，都無畏地向前邁進，動漫中不也常有這樣的橋段嗎？明知是會輸的戰鬥，但為了守護自己的價值，也非戰不可。不過，這樣的生活方式雖能喚起我們心裡的一把火，卻也不能說沒有疑慮；一味的熱血下去，真的是好事嗎？譬如說，有個運動選手明明受傷了，卻硬要繼續比賽，最後搞到再也不能回到運動場。熱是熱了，卻也顯得愚蠢。像這樣聽憑一時衝動的行為，難道孟子也會讚許？

當然不。後面孟子說「志壹則動氣，氣壹則動志」，正好可以回答這個問題。

不過是覺悟

「氣」，可以理解為心中較強烈、具驅動力的面向，如強烈的情感、慾望、衝動等等，而「志」，則是貫徹理念的意志力。孟子說「志壹則動氣，氣壹則動志」，其實很符合我們的常識。如果放縱情緒或慾望上，意志力就會被帶著跑，反過來說，要是專注在意志力，便能控制情緒或慾望。就像減肥，要吃還是不吃？這是個問題，也是「志」與「氣」的對決。

但「志」與「氣」不見得對立。孟子認同的「持其志無暴其氣」，便是專注於信念，使「志」與「氣」有相同方向；信念已定，又憑著一股氣堅持下去，自然不受外境影響，這就是「不動心」。回到運動員的例子，如果運動員所持的信念讓他在冷靜判斷後，覺得運動傷害是值得的，那這個決定似乎也輪不到旁人多嘴。換言之，人生需要的，不過是覺悟罷了。

不過，要說「不動心」就是最高境界，也未必然。不如說，孟子怎能允許？告子可是比他更早不動心啊！要是不動心這麼了不起，他不就把這份榮譽讓給人性論上的主要論敵？這萬萬不行。所以他批評告子，說「不得於言，勿求於心」這番話錯了，最後還是要回到「心」上。值得注意的，這邊的「心」跟，不動心的「心」有些許不同。「不動心」的心，是以志率氣後的心之整體；「求於心」的心，則是以志率氣前的判斷力，這個判斷會決定「志」的方向。總之，詞彙定義不精確，在中國古代哲學極為常見，孟子這篇論述，堪稱其中的佼佼者。

浩然之氣：聽見世界的聲音

正是承接著「不動心」還要依靠「心的判斷」，才有接下來浩然之氣一說。乍看來，浩然之氣彷彿有什麼物質性，才能塞於天地之間，其實沒這回事，那只是一種感性的譬喻，翻成白話，就是「做好事感覺很棒，這種渾身舒爽的滿足感，彷彿與天地合而為一了」。

孟子假設人性本善——且不論真相是否如此，要先接受這點才能談下去——人性本善，就表示人具有天生的是非判斷能力。所謂浩然正氣，就是判斷出是非對錯後，推著我們實行的正義感。這並非唯一的氣。譬如我不小心踢到櫃子，腳指頭痛的要死，憤怒地將櫃子暴打一頓，結果連手也痛到不行，這確實是氣所驅使，卻經不起是非判斷的考驗，事後想想，還會感到丟臉，所以孟子說：「行有不慊於心，則餒矣。」

動畫《Star Driver》裡有句名臺詞：「當想做的事和必須做的事合而為一，就能聽到世界的聲音。」說的其實就是「養浩然之氣」的感受。所謂「必須做的事」，就是「義」。而這個是非判斷，與以志率氣的不動之心合流，就會聽見世界的聲音，或感到充塞天地之間——兩者都描繪宛如跟宇宙合一的精神感受，這絕非巧合。與其說編劇受孟子影響，不如說這種感受具有超越時空的普遍性。所以要是孟子從動畫裡看到這段話，能不興奮激動、在臉書上發感想文嗎？以當代娛樂材料之豐富，他要出一本《動漫思想論》與《孟子》相映照，也不是不可能。

判斷出值得堅守的價值，發而為不受外在條件影響的堅強意志，便是孟子追求的生活態度，但這帶來一個重大的問題：誰能判斷那個價值是否真的「正確」？

一個人相信自己正確，就真的正確嗎？要是人人都堅信自己正確，義無反顧地譴責不同意見，世上的紛爭還有平息的一天嗎？莊子在〈齊物論〉裡說，相信自己正確，貶低他人重視的價值，儒墨之爭就是這麼來的。然而，是非到底有沒有普遍的標準，也就是普世價值？沒有的話，「配義與道」的浩然之氣就無從說起，孟子的主張也將淪為意氣之爭。後世儒者為了解決這問題，不得不開展一套全新的理論系統，但這問題太過龐大，也遠遠超出孟子原文所論述，所以，這個問題就留給各位自行思考吧：孟子提出這種熱血的人生觀，到底有沒有遵循的價值呢？

問題與討論

一、是非對錯有普遍性嗎？有沒有所謂的普世價值？如果有，要怎麼知道那確實是普世價值，而不是個人的、某一團體的獨斷？

二、如果沒有普世價值，那我們在這個世界中要如何立身處世？對於自己相信正確的事，應該要強硬執行，還是有所保留？怎樣才能達到最佳的平衡？

三、通過辯論，或許能在一定程度上接近真理，但當你辯論獲勝，是否就意味著你是正確的？反過來說，如果沒有人與你辯論，你就直接是正確的嗎？真理與辯論的關係究竟為何？

延伸文本

一、〈孟子．公孫丑．上〉本篇原文並不完整，浩然之氣後面尚有其餘討論，可補充閱讀，瞭解完整脈絡。

二、〈莊子．齊物論〉對是非論辯本身提出挑戰這點，值得反思。但這是最終解答嗎？

第九課

〈賣油翁〉這一課真的是篇「教訓文」嗎？

文／史英

歐陽脩〈賣油翁〉

陳康肅公堯咨善射，當世無雙，公亦以此自矜。嘗射於家圃，有賣油翁釋擔而立，睨之，久而不去。見其發矢十中八九，但微頷之。

康肅問曰：「汝亦知射乎？吾射不亦精乎？」翁曰：「無他，但手熟爾。」康肅忿然曰：「爾安敢輕吾射！」翁曰：「以我酌油知之。」乃取一葫蘆置於地，以錢覆其口，徐以杓酌油瀝之，自錢孔入，而錢不濕。因曰：「我亦無他，惟手熟爾。」康肅笑而遣之。

此與莊生所謂解牛斲輪者何異？（此句在許多版本課本都遭刪除）

「賣油翁」是很精采的小品文章，歐陽脩能用那麼少的字，傳達那麼多東西，實在令人驚奇。不過，更令人驚奇的，是各版本的教科書，竟一無例外地都認為主旨是強調「熟能生巧」為成功唯一之道，以及成功之後要切記「不可自矜」，看起來就像〈弟子規〉裡的訓條。然而，這麼有名的文章，就真的只能這樣解讀嗎？

以下，提出不同的「教法」，並透過課堂的討論，看看能夠讀出什麼不同的觀點，同時展示一種「從對立面想」的思辯過程。另外，也列出一般國文課本可能的做法，方便讀者做個比較。

「提問」與課堂對話的內容，基本上有先後順序，代表了思考的邏輯。而整篇文章的「文眼」，應該就在「無他，惟（但）手熟爾」這個關鍵句，所以先從它開始。

認真思考「無他」和「手熟」的意思

提問：要了解「無他」，首先應該想一下那個「他」，也就是除「手熟」外的其他因素，可能是指什麼？

一般課本大概是把焦點放在「手熟」上，不太會關注它的對立面。看到王建民投球或喬丹射籃，應該沒有人會說「只是手熟而已」吧？人們自然而然地會想到天賦、教練、訓練方法、投注資金等等非常現實且關鍵的因素。對照之下，賣油翁只提出「手熟」，還說「無他」，那意思很明，就是說「沒別的」、「沒什麼」、「只是」、「單純是」熟練罷了，並不需要特別的天賦，也無須什麼不傳的祕訣，或其他條件的配合。

提問：同樣的，要追究「手熟」的意思，可以想想除了「手」還可能是什麼「熟」呢？

一般課本大概只會讓學生正面列舉「手熟」的例子，認為這就是生活化的理解。那麼，就「熟」而言，「手」的對立面會是什麼呢？我們常會聽到人家說「口到」、「耳到」、「眼到」、「心到」……所以，說「手熟」，就隱含著口、眼、耳、心……都不那麼重要，或至少不是關鍵（當然不是說都不必用到），也就是說，不是「泛指」各方面的熟悉，甚至連「心的熟悉」都不太用得著。

換言之，「手熟」就是「只要常常用手摸弄」，甚至是「下意識」（所以無須用心）地摸弄，「摸久也就熟了」之意。再進一步說，手熟就不會等於「苦熟」——「反覆苦練的熟悉」；「苦熟」想必是處心積慮，恒心毅力的結果，與上述的不知不覺，自然而然的「手熟」理當不同。

但這樣解讀，真的可以符合文本的脈絡嗎？

提問：不妨想想，如果我們反問賣油翁：難道你自己「倒油入孔」的本事，不是苦練出來的嗎？他可能會怎麼回應？

所以，來設想以下的對話：

「你以為我吃飽了沒事，有那個美國時間去練這個？我可不像康肅公領著國家的薪水每天在院子裡玩耍。」

「難道那不是你每天必做的工作？」

「我每天倒油是沒錯，但有必要在葫蘆口上放錢，故意找自己的麻煩嗎？」

「但是，不放錢去練，你怎麼練出這付功夫？」

「油是很貴的你總知道吧，如果放錢去練，在練成之前，早就弄得滿地都是油了，我還拿什麼去討生活啊？——我早就告訴你是『惟手熟爾』，你怎麼就不信？」

這意思也就是說，往葫蘆口倒油，即使撒出來也只會撒出一點點；但日月匆匆，倒著倒著有一天忽然發現葫蘆口已經嫌太大了，於是突發奇想，放一個錢上去試試——不是蓋的，竟真的可以從錢孔裡倒油，連自己都嚇了一跳哩！

所以，「惟手熟爾」大概就如前述，並不是「苦熟」之意，因為這樣才符合賣油翁的身分嘛！同時，我們也就更接近歐陽脩的原意。不然，他為什麼不安排一個真正的「專家」（例如走江湖賣藝的，這也是賣油翁的對立面），反而是賣油翁這種「業餘者」，做為和康肅討論射術的主角？

仔細感覺「笑而遣之」的意味

提問：我們可以再一次從反面想，看過賣油翁的表演之後，康肅公的反應如果不是「笑而遣之」，還可能有什麼反應？經過這樣的設想，對於他的「笑」和「遣」又可以有怎樣的解釋？

一般課本大概也會讓學生討論不同的解讀可能有哪些，但因為沒有反面的對比，討論不容易聚焦。

「笑遣」之外的反應，可以是延之上座以便請益，如果他大為敬服的話；要不然，也可能大聲駁斥甚至亂棒趕出，如果他惱羞成怒的話。畢竟，自覺得意的箭術被那樣評論，他不可能心中無感。

但故事並非如此，這表示「笑」恐怕就是掩飾「敬服」的自嘲，或壓下惱怒以示量大。至於「遣」之，則是叫他別再囉嗦了，以維護自己的面子，或不想與一個「老百姓」做口舌之爭，以免失了自己的身分。

提問：如果再從反面想，推翻以上兩種「極端」，以及兩端之間的各個漸層（敬服佔幾成、不服佔幾成）的解讀，那還有什麼可能？

還有一種可能，是「笑而遣之」只是一個「做出來」的假相。康肅隱約覺得賣油翁有點莫測高深，或許並非尋常百姓，而是大隱隱於市的荊軻紅拂之屬。「倒油入孔」只是他隨手之舉，真正的道行根本深藏未露。那麼，笑而遣之的「笑」，就是一種「心照不宣」的表示，意思是「我知道了」，但又「不宜說破」——請你上座你也不會答應，既然如此，只好仍然把你當成一個賣油翁而「遣」之了。

提問：以上這種「高妙」的假設性解讀，可以從文本中找到證據嗎？

一般課本常常要學生在課文中找答案，但多半是資料性的訊息，很少訓練學生先形成一個假設，再去課文中找支持或反證。

從文本來看，一個賣油翁放著生意不做，卸下擔子看一個「官人」射箭，這就不尋常，而他居然還敢大剌剌站著，「睨之，久而不去」！這也罷了，如果是鼓掌叫好，也算懂得湊趣；然而，他竟在那兒「微頷之」，這就近於魯迅說的「腹誹」，嘴上不說卻心裡議論——在那個封建時代，誰那麼大膽？

其次，面對「汝亦知射乎」的質問，他不但毫不退縮，還淡淡地回了一句「無他，但手熟爾」，對於康肅公進一步的訓斥「爾安敢輕吾射」，他甚至不回應，只開始表演倒油的絕技。之後，竟又重覆一次「惟手熟爾」的「淡話」，還補一句「我亦無他」，這言下之意就是我「也」跟你一樣「沒什麼」——這個氣勢，恐怕更不是尋常百姓能有的了。

深入探求本文的主旨

提問：這樣一個「現實上幾乎不可能存在」的人物，應該是作者刻意設計出來的。那麼，歐陽脩的目的到底何在？

一般課本大多從字面解讀，而不會「從後台去看」，不會從作者下筆的佈局與用心去探求主旨。接續前面的脈絡，我們帶學生運用「後設閱讀」的方法，可以看出作者是用透過平民百姓「打臉」達官貴人這個強烈的畫面，一方面突顯庶民的智慧，一方面則表達一個不易引人關切或不易解說明白的「道」。

那個「道」就是：真本領往往是在「無所求」的心境下，因為摸久了才摸出的門道。表面上看，這說的也是「熟能生巧」，但與這個成語常用的意思不同，強調的是「天然熟」（不刻意）、「純潔熟」（不功利）、「高興熟」（不苦練）、「水到渠成熟」（不著急）——一言以蔽之，就是「手」熟而心裡「不熟」——不「熱」啦！

反過來說，如果懷抱某種「志向」，一心做著「熟能生巧」的美夢而刻意苦練，那就不合於這位賣油高人的「道」了！

找回「失落的一角」

現在的課本，大多已經相當鼓勵學生表達不同的觀點，但與此同時，也往往忽略還是要有文本的根據而不宜天馬行空各自發揮。所以，我們還有最後一個提問。

提問：以上這種「非主流」觀點，還有更具體的證據可以支持嗎？

答案是：有的，就在文本之中，可惜被教科書編者給刪掉了。被刪掉的是原文畫龍點睛的最後一句「此與莊生所謂解牛斲輪者何異」。歐陽脩正是用這句話點出：我的賣油翁，是另一個庖丁和輪扁；我寫的故事，是另一個平民和王公的交鋒。

莊子「解牛」寓言講的是「凡事應順勢而為」，「斲輪」（砍木製輪）寓言講的是「真道實難以言傳」，甚至引出「可見君王所讀聖人之言，也只是古人的糟粕罷了」。二者都是直扣莊子的「自然主義」，而且，都是「臣之所好者，道也，進乎技矣」，透過展示「絕技」，以取得和君王平起平坐，甚至直指其非的發言權。

由此看來，賣油翁的「手熟說」也呼應某種高超的思維，就是前文所說的，強調「天然（不刻意）」、「純潔（不功利）」、「高興（不苦練）」、「水到渠成（不著急）」的那種「手熟」。反過來說，如果賣油翁的主張竟是「勵志」或「勸驕」的那種「熟能生巧」，就只是腐儒的老生常談，塞進〈弟子規〉則可，哪須寫成官民對話的格局，哪能上到莊周夢蝶的層次呢？

歐陽脩在文末特別加上「此與莊生所謂解牛斲輪者何異」，或許正是擔心後人誤解，把他論道的「高文」，弄成酸腐的「教訓文」。只可惜——這個要再說一次，只可惜被教科書的編者刪掉了。

結語

編教科書難免有很多考量，解讀文本也自有不同的面向。這些，我們自然是明白的。本文提供的觀點，並不是來自技術性的咬文嚼字、刻意的深文周納，或處心積慮想要標新立異；實在是出於教育實務上的一點關切：「熟能生巧」的「大道理」，對學生而言，表面上是激勵，但實際上，也是無視於他的處境和限制。另一方面，則容易讓老師無意間忽略了教學手法的精進，而只把焦點放在學生是否練習得足夠。

國文，畢竟不僅僅是語文而已，總是傳遞著重要的思想和意識。撰寫本文背後的這一點心意，也還請讀者體察。

問題與討論

一、在本文的第四節，以「被刪掉的那一節」作為論述的佐證，你同意這樣的論證方式嗎？你認為課本刪掉這一段，是否會改變你對〈賣油翁〉的理解？為什麼？

二、本文第二節提出了一種「笑而遣之」的解釋，你同意嗎？揣摩角色之間的社會地位，如果把你代換成其中的角色，你覺得〈賣油翁〉原文所描寫的各個言行反應是否合理？

延伸文本

一、賴以威《超展開數學教室：數學宅×5個問題學生，揪出日常生活裡的數學BUG》。

第十課

無用之用：

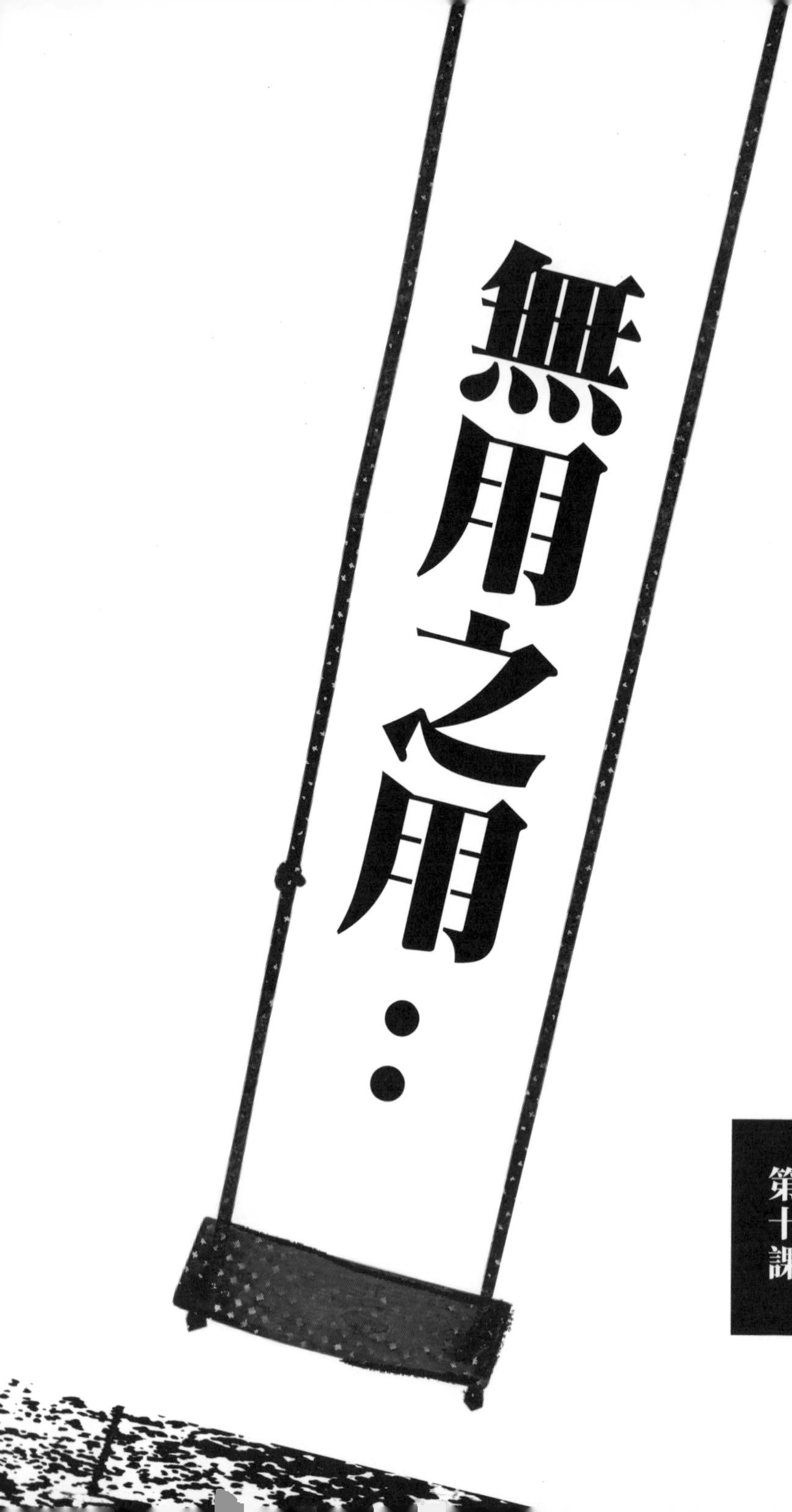

讀〈桃花源記〉和《沒用的東西》

文／林蔚昀

陶淵明〈桃花源記〉

晉太原中，武陵人，捕魚為業，緣溪行，忘路之遠近。忽逢桃花林，夾岸數百步，中無雜樹，芳草鮮美，落英繽紛，漁人甚異之；復前行，欲窮其林。林盡水源，便得一山。山有小口，彷彿若有光，便舍船，從口入。

初極狹，纔通人；復行數十步，豁然開朗。土地平曠，屋舍儼然。有良田美池桑竹之屬，阡陌交通，雞犬相聞。其中往來種作，男女衣著，悉如外人；黃髮垂髫，并怡然自樂。見漁人，乃大驚，問所從來，具答之，便要還家，設酒殺雞作食，村中聞有此人，咸來問訊。自云先世避秦時亂，率妻子邑人，來此絕境，不復出焉；遂與外人間隔。問今是何世，乃不知有漢，無論魏、晉。此人一一為具言所聞，皆嘆惋。余人各復延至其家，皆出酒食。停數日辭去，此中人語云：「不足為外人道也。」

既出，得其船，便扶向路，處處志之。及郡下，詣太守說如此。太守即遣人隨其往，尋向所志，遂迷不復得路。南陽劉子驥，高尚士也，聞之，欣然規往，未果，尋病終。后遂無問津者。

[redacted]

一般來說，在現代華文的語境中，「桃花源」或「世外桃源」是理想世界的象徵，人間仙境、烏托邦的同義詞。它一方面超凡脫俗，彷彿不屬於這個世界，但另一方面又非常世俗，就在你我左右。

試試在網路上用關鍵字搜尋，可以找到許多現實中的桃花源，比如戲劇（賴聲川《暗戀桃花源》）、建築（貝聿銘在日本深山中建造的美秀美術館，靈感來自桃花源）、繪本（英國插畫家 Yvonne Gilbert 及加拿大插畫家 Danny Nanos 共同創作的《桃花源記》，加入了愛情的元素）、流行歌曲（在蔡依林的情歌〈桃花源〉中，桃花源變成一個真愛棲息的地方，讓戀人走進去尋找「傳說裡無法遺忘的甜」）、遊戲（中國一個手遊就叫〈桃花源記〉）、政治（與仙境相反，政治上的桃花源常被某些人用來指稱臺灣的邊緣化）、退休（網路上可找到許多「嚴選全臺幸福小鎮」的名單）。中國有多處宣稱桃花源在自己的家鄉，香港有一個按摩養生館的名字從桃花源擷取靈感，而在臺灣也可以找到度假山莊、露營區、民宿、電子音樂樂團、土雞城、餐廳、婚紗攝影莊園、乃至建案都以桃花源為名。

為什麼找不到桃花源？

現實中的民宿餐廳建案以桃花源作為形象，營造出理想、怡然自樂、比一般現實生活更美好的氛圍，用這個美夢吸引顧客，進入他們打造的世界。而在桃花源的源頭，也就是東晉詩人陶淵明為〈桃花源詩〉寫的序〈桃花源記〉中，也有一個比現實更美好的世界，只是對世人來說，它就像是玻璃雪球中的微宇宙，只能觀看，無法進入也無法觸摸——除了故事中誤打誤撞闖入桃花源，又莫名其妙回不去的漁人。

一般對〈桃花源記〉的解讀，是陶淵明透過這個故事描繪出一個「沒有戰亂侵擾的理想社會，反映出作者對現實政治的否定」（出自國文學科中心，高中國文學習網）。文中的諸多細節皆可為此佐證，如桃花源中的人是為了「避秦時亂」來到此地，「遂與外人間隔」於是過著安然自得的生活，而當漁人想要帶著太守（國家權力的象徵）前來，就再也找不到桃花源。

在文學虛構的現實中，或可做出這樣的解讀：因為漁人利慾薰心，帶太守前去，桃花源就不再為他們開啟了。或者，找不到桃花源只是偶然，就像進入桃花源也是偶然。不管怎樣，桃花源已經回不去、找不到了，無論是對於漁人太守，或是後來的南陽高士。

然而，如果讀者跳出這個虛構的現實，帶著距離來看待這個作品，或許可追問：為什麼找不到？為什麼陶淵明做出這樣的安排？他不能寫一個「找到桃花源，大家深受感動，放下現實去隱居，過著桃花源生活」，理想國終於實現的故事嗎？或是「漁人太守找到桃花源，桃花源被汙染，不復存在」的暗黑版寓言？

但是，這樣子寫，就要交代「後來怎麼了」，也就是和「現實」產生更進一步的聯結，這似乎不是陶淵明想要在〈桃花源記〉中處理的。故事中的桃花源遙不可及，有其神祕性，但又因為漁人的故事，有某種程度上的可信。

陶淵明描述的細節夠多，讓讀者可以想像這個世界，但也不夠多，無法讓他們深入了解這個世界。這點到為止、若即若離、似花非花的狀態，剛好就是桃花源魅力所在。如果現實的細節變多，搞不好就像愛情步入婚姻，會令人破滅，或開始質疑：這個世界可能嗎？桃花源的居民之間有沒有衝突？他們真的那麼快樂嗎？裡面的社會組織如何？有沒有人想要離開，到外面的世界看看？離開後，還回得去嗎？桃花源是否真的可以遺世獨立，不受現實的侵擾？它是一個願景，還是幻影？

桃花源是否有黑暗面，讀者不得而知。畢竟，桃花源和陶淵明的世界太遙遠，東晉田園生活的貧困、艱辛和悠然，讀者也只能從陶淵明的詩文中去想像。不過，這不代表讀者無法透過別的方式了解田園生活、揣想桃花源的另一面。在現代的臺灣，就有一位詩人廖瞇像陶淵明一樣離開城市，回歸田園，在臺東耕讀生活，並且用詩、散文寫下她對自然及社會的種種觀察。

當美麗的地方不再美麗

現代歸農的詩人，依然要面對許多現實的挑戰。在陶淵明的時代，田園生活的威脅是戰亂，而在廖瞇的時代雖無戰亂，環境卻可能會被汙染，田園可能會被政府和財團奪走，被BOT成活動主題度假村（另一種漁人及太守對桃花源的想像？），要抗爭才能留存。這呼應著史英在〈是逃避、還是追求？——重新解讀「桃花源記」，兼論體制外教育〉中提出的問題：到底體制外是逃避還是追求？今天，這分野越來越模糊了，現在追求或保有自己想要的生活，就是一種對主流價值的反抗。

於是，廖瞇在她的詩集《沒用的東西》中寫關於自然的詩，不只是單純的對田園的歌詠，而是有了社會運動的味道，充滿了詩人鴻鴻所說的：「被自然所啟迪的，人與自然倫理的思考，以及在這個架構底下，照見人類社會行為的種種乖謬。」（見鴻鴻〈連接世界的水電工——為何我們需要魯蛇，需要《沒用的東西》〉，出自廖瞇《沒用的東西》，黑眼睛文化，2015）比如在〈畫地自限〉中，廖瞇把圈地徵收的行為稱為「不要畫地自限」，政府財團奪取了別人的地，還理所當然地說：「世界要進步／你不能畫地自限」。

有趣的是廖瞇在寫到自然時，經常寫到錢和錢的用途，寫這陶淵明不願為其折腰的「五斗米」是如何逼迫人們及自然彎腰，變成好用、有用、「生出來就要被用」的東西（〈有用〉）。在〈價值〉中，她戲仿物質主義者的口吻判定一塊土地沒有價值，因為上面只有山、樹、河、田和人，而另一塊土地很有價值，因為：「有錢／有錢／有錢」這聽起來令人齒冷，卻是許多開發者的心態。

在金錢掛帥的時代，一切都化為了數字，可以衡量，可以利用，可以買賣。如果有人想要坐下來、躺下來、站著，只能花錢買，「沒錢躺沒錢坐也沒錢站著」的人，「只好升上天去」（〈有價土地〉），或者，想辦法把僅有的事物拿去賣來換錢，比如畫、木雕、田地、小孩、命，若是不賣，還會有人奇怪地問：「你為什麼不賣呢？」彷彿在說：「別不識好歹。」（〈賣〉）

在〈美麗灣〉這首詩中，廖瞇更是以淺白犀利的文字，一語道破陶淵明沒有寫出來的——如果漁人和太守之流來到桃花源，會發生什麼事：

美麗的地方有人想來，
美麗的地方有錢想來。

美麗的地方人錢都來，
美麗的地方不再美麗。

戰爭或資本主義，不管哪一個，都會讓美麗的地方不再美麗。在這樣的時代下，也許不要美麗、不要有用、不要吸引人、不要桃花源，反而是比較能「怡然自樂」的？

問題與討論

一、陶淵明筆下的桃花源是什麼樣的一個世界？它是烏托邦，還是落後、邊緣的象徵？

二、〈桃花源記〉描述的世界是否符合你對理想社會的想像？你心目中的理想社會是什麼樣子？理想社會是否一定要與世隔絕才能維持理想？理想和現實、保存傳統文化和開發之間可能有平衡嗎？

三、陶淵明的文字雖然簡樸，卻有意境，如果他今天是用比較華麗的文字來描寫桃花源，讀者對桃花源的想像會不一樣嗎？

延伸文本

一、陶淵明〈桃花源詩〉、〈飲酒詩之五〉、〈歸園田居〉、〈五柳先生傳〉。

二、廖瞇《沒用的東西》。

三、赫胥黎《美麗新世界》。

四、蔡依林〈桃花源〉，goo.gl/HurWqf。

五、一条視頻〈貝聿銘─美秀美術館：一座巨大的桃花源，深藏山中20年不為人知〉，goo.gl/uE5TVR。

第十一課

一創再創：讀〈虯髯客傳〉

文／簡莉穎

杜光庭〈虯髯客傳〉

隋煬帝之幸江都也，命司空楊素守西京。素驕貴，又以時亂，天下之權重望崇者莫我若也，奢貴自奉，禮異人臣。每公卿入言，賓客上謁，未嘗不踞床而見，令美人捧出，侍婢羅列，頗僭於上。末年益甚，無復知所負荷，有扶危持顛之心。

一日，衛公李靖以布衣上謁，獻奇策，素亦踞見之。靖前揖曰：「天下方亂，英雄競起，公以帝室重臣，須以收羅豪傑為心，不宜踞見賓客。」素斂容而起，與語大悅，收其策而退。

當靖之騁辯也，一妓有殊色，執紅拂立於前，獨目靖，靖既去，而執拂妓臨軒指吏問曰：「去者處士第幾？住何處？」吏具以對，妓頷而去。

靖歸逆旅，其夜五更初，忽聞叩門而聲低者，靖起問焉。乃紫衣戴帽人，杖揭一囊。靖問：「誰？」曰：「妾，楊家之紅拂妓也。」靖遽延入。脫衣去帽，乃十八九佳麗人也。素面華衣而拜。靖驚，答曰：「妾侍楊司空久，閱天下之人多矣，未有如公者。絲蘿非獨生，願託喬木，故來奔耳。」靖曰：「楊司空權重京師如何？」曰：「彼屍居餘氣，不足畏也。諸妓知其無成，去者眾矣。彼亦不甚逐也。計之詳矣。幸無疑焉。」問其姓，曰：「張。」問伯仲之次，曰：「最長。」觀其肌膚、儀狀、言詞、氣性，真天人也。靖不自意獲之，愈喜懼，瞬息，萬慮不安，而窺戶者足無停履。既數日，聞追訪之聲，意亦非峻，乃雄服乘馬，排闥而去。將歸太原。

行次靈石旅舍，既設床，爐中烹肉且熟，張氏以髮長委地，立梳床前。靖方刷馬。忽有一人，中形，赤髯而虬，乘蹇驢而來，投革囊於爐前，取枕欹臥，看張梳頭。靖怒甚，未決，猶刷馬。張熟視其面，一手握髮，一手映身，搖示令勿怒。急急梳頭畢，斂衽前問其姓。臥客答曰：「姓張。」對曰：「妾亦姓張，合是妹。」遽拜之。問：「第幾？」曰：「第三。」問：「妹第幾？」曰：「最長。」遂喜曰：「今日幸逢一妹。」張氏遙呼曰：「李郎且來見三兄！」靖驟拜之。遂環坐。曰：「煮者何肉？」曰：「羊肉，計已熟矣。」客曰：「飢甚！」靖出市胡餅。客抽腰間匕首切肉共食。食竟，餘肉亂切送驢前食之，甚速。客曰：「觀李郎之行，貧士也，何以致斯異人。」曰：「靖雖貧，亦有心者焉。他人見問固不言，兄之問，則無隱耳。」具言其由。曰：「然則將何之？」

曰：「將避地太原耳。」曰：「然，吾故謂非君所能致也。」曰：「有酒乎？」曰：「主人西，則酒肆也。」靖取酒一鬥。既巡，客曰：「吾有少下酒物，李郎能同之乎？」靖曰：「不敢。」於是開革囊，取一人頭並心肝，卻收頭囊中，以匕首切心肝，共食之。曰：「此人天下負心者，銜之十年，今始獲之，吾憾釋矣。」又曰：「觀李郎儀形器宇，真丈夫也。亦知太原有異人乎？」曰：「嘗識一人，愚謂之真人也。其餘，將相而已。」曰：「何姓？」曰：「靖之同姓。」曰：「年幾？」曰：「近二十。」曰：「今何為？」曰：「州將之愛子也。」曰：「似矣，亦須見之，李郎能致吾一見否？」曰：「靖之友劉文靜者，與之狎，因文靜見之可也。然兄欲何為？」曰：「望氣者言，太原有奇氣，使吾訪之，李郎明發，何日到太原？」靖計之。曰：「某日當到。」曰：「達之，明日方曙，候我於汾陽橋。」言訖，乘驢而去。其行若飛，回顧已遠。公與張氏且驚且喜，久之，曰：「烈士不欺人，固無畏。」促鞭而行。

及期，入太原候之，相見大喜，偕詣劉氏所，詐謂文靜曰：「有善相者，思見郎君，請迎之。」文靜素奇其人，一旦聞有客善相，遽致酒延焉。既而太宗至，不衫不履，裼裘而來，神氣揚揚，貌與常異。虬髯默居坐末，見之心死，飲數巡，起招靖曰：「真天子也。」靖以告劉，劉益喜，自負。既出，而虯髯曰：「吾得十八九矣。然須道兄見之。李郎宜與一妹復入京，某日午時，訪我於馬行東酒樓下。下有此驢及一瘦騾，即我與道兄俱在其上矣。到即登焉。」又別而去，公與張氏復應之。及期訪焉，即見二乘。攬衣登樓，虯髯與一道士方對飲，見靖驚喜，召坐環飲。十數巡。曰：「樓下櫃中有錢十萬，擇一深隱處駐一妹畢，某日，復會我於汾陽橋。」

如期至，道士與虯髯已先到矣。俱謁文靜。時方弈棋，起揖而語。少焉，文靜飛書迎文皇看棋。道士對弈，虯髯與靖旁侍焉。俄而文皇來，精采驚人，長揖就坐，神氣清朗，滿坐風生，顧盼暐如也。道士一見慘然，斂棋子曰：「此局全輸矣！於此失卻局，奇哉！救無路矣！復奚言！」罷奕請去，既出，謂虯髯曰：「此世界非公世界也。他方可圖。勉之；勿以為念！」因共入京。虯髯曰：「計李郎之程，某日方到。到之明日，可與一妹同詣某坊曲小宅相訪。李郎相從，一妹懸然如磬，欲令新婦祗謁，兼議從容，無前卻也。」言畢，吁嗟而去。

靖策馬遄征，即到京，遂與張氏同往，乃一小板門子，叩之，有應者，拜曰：「三郎令候李郎、一娘子久矣。」延入重門，門益壯麗，婢四十人羅列庭前，奴二十人引靖入東廳。廳之陳設，窮極珍異，箱中妝奩冠鏡首飾之盛，非人間之物。巾櫛妝飾畢，請更衣，衣又珍奇。既畢，傳云：「三郎來！」乃虬髯紗帽裼裘而來，有龍虎之姿，相見歡然。催其妻出拜，蓋亦天人也。遂延中堂，陳設盤宴之盛，雖王公家不侔也。四人對饌訖，陳女樂二十人，列奏於前。飯食妓樂，若從天降，非人間之曲，食畢，行酒。家人自東堂舁出二十床，各以錦繡帕覆之，既陳，盡去其帕，乃文簿鎖匙耳。虬髯謂曰：「此儘是寶貨泉貝之數，吾之所有，悉以充贈。何者？某本欲於此世界求事，或當龍戰三二十載，建少功業。今既有主，住亦何為？太原李氏，真英主也。三五年內，即當太平。李郎以英特之才，輔清平之主，竭心盡善，必極人臣。一妹以天人之姿，蘊不世之藝，從夫而貴，榮極軒裳。非一妹不能識李郎，非李郎不能榮一妹。聖賢起陸之漸，際會如期。虎嘯風生，龍吟雲萃，固非偶然也。將余之贈，以佐真主，贊功業。勉之哉！此後十餘年，當東南數千里外有異事，是吾得志之秋也。一妹與李郎可瀝酒東南相賀。」因命家童列拜曰：「李郎、一妹，是汝主也。」言訖，與其妻從一奴戎裝乘馬而去；數步，遂不復見。

靖據其宅，乃為豪家，得以助文皇締構之資，遂匡天下。

貞觀十年，靖位至左僕射平章事，適東南蠻入奏曰：「有海船千艘，甲兵十萬，入扶餘國，殺其主自立。國已定矣。」靖心知虬髯得事也，歸告張氏，具禮相賀，瀝酒東南祝拜之。乃知真人之興也，非英雄所冀，況非英雄者乎？人臣之謬思亂者，乃螳臂之拒走輪耳。我皇家垂福萬葉，豈虛然哉！或曰：「衛公之兵法，半是虬髯所傳也。」

〈虯髯客傳〉為什麼是個好故事

杜光庭的〈虯髯客傳〉是非常經典的作品。胡適認為唐傳奇中，只有它「算得上上品的短篇小說」[註1]，金庸嘗言「或者可以說是我國武俠小說的鼻祖」[註2]。它是一篇基於史實的虛構，包含了許多武俠小說的基本元素：豪傑美人、私奔戀愛、武功兵法、手刃仇敵、江湖異士等等。僅兩千字篇幅就塑造了充滿想像空間的事件與角色形象，讓後人能延伸創作許多小說、戲曲、電視劇，其原因就在於〈虯髯客傳〉提供了一個具有普遍性的故事架構，還有大凡好看的愛情故事都具備的結構「三角關係」。

一般來說，一個好故事的基本架構是：

「因為一個事由，造成某主角採取一定的手段來追求某個目標，過程中有幫助者，也有阻礙者，當主角追求到新的目標，即新的平衡，也就是故事的結束。」[註3]

當然，故事的寫法千變萬化，但越接近這樣的結構，就越有衝突跟戲劇性，也越接近大眾。畢竟閱讀故事最原始的衝動，不就是想知道「後來怎麼了」嗎？

從這個架構來看，〈虯髯客傳〉中提供了足夠的線索與舞臺，角色的動機強烈。如果我們將李靖放入主角的位子，他的目標是輔佐李世民，幫助者是紅拂，阻礙者一開始是虯髯客

（後來成為幫助者），接著又有其他逐鹿中原的敵手，甚至紅拂原本的主人楊素也有可能因嫉妒而阻礙李靖；李靖最後的目標則是與紅拂相伴，完成統一大業，至此故事告終。

如果我們將紅拂視為主角，她的目標是與李靖私奔，阻礙者一開始是虯髯客，幫助者也是虯髯客，楊素也有可能因過去的情份而給予幫助或阻礙。最後完成目標，輔佐夫君，牽手一生。

虯髯客則是當中最複雜的角色：他花了十年終於手刃的仇人究竟是誰？他何以認識這麼多能人異士？他在南方建立國家的過程？紅拂與他結拜，暗示虯髯客只能以兄妹之禮待她，如在後續事件中，虯髯客有任何起心動念，都有可能改變他跟李靖、紅拂的關係。他原本的目標是天下，看到李世民認定是真主而退讓，進而幫助李靖。某種程度上，這當然是杜光庭以後人之姿描寫開國君王常見的穿鑿附會；細細觀察虯髯客的歷程，他在「逐天下」的目標上有時是幫助、有時是阻礙，亦正亦邪的特質使他層次豐富，人物形象飽滿。

好故事的再創作

太陽底下無新鮮事。在故事創作的領域也是如此，好故事總是能激發後人再創作的慾望。

許多創作都有其藍本。比如偉大的劇作家莎士比亞，幾乎都是以既有的歷史、傳說、街頭巷尾逸談作為劇本根基，但卻能從中創造出全新且有血有肉的角色，紮實的人物、結構，使他的劇本能不斷被後世重新詮釋、搬演。

是以一個好的故事，可以成為所有人的共同資產。我們在閱讀時，如能進入不同角色的立場，想像他們可能會有的愛恨情仇、不同的選擇，就可能啟動新的創作。想像一下，如果虯髯客與李靖一直暗自較勁，在紅拂下車時想搶先一步開車門——隋末唐初的車子長什麼樣子？紅拂穿什麼？會不會搬一張凳子墊腳—等等，隋末有凳子嗎？或是紅拂身懷絕技直接從車頂一躍而出？她是甚麼武功門派？——絕不可能是武當，張三丰是元末明初人士；不大可能是佛家門派，「紅拂」是道教的意象……當我們試著跟人物對話，自然而然會去涉獵背後更多的歷史、建築、服飾、武學、宗教等相關知識，以自己對於人情事理的體會跟想像，跟這篇文章對話。

〈虯髯客傳〉也確實有許多衍伸創作。比如《紅樓夢》就透過林黛玉之口，稱讚紅拂女「美人巨眼識窮途」。清末版畫家任渭長的《三十三劍客圖》，繪載了虯髯客、越女劍等俠客。京劇名伶程硯秋也排有京劇《紅拂記》、高陽白話歷史小說《風塵三俠》、王小波小說《紅拂夜奔—關於有趣》、電視劇《風塵三俠之紅拂女》，以及漫畫則有黃玉郎的《天子傳奇》

系列。從標題就可以看出不同作者有不同的偏重，他們的再詮釋也提供我們反覆解讀的空間。其中王小波的小說最是腦洞大開，他以北京數學家王二的口吻寫李靖，從宋詞找相對論，在唐詩找牛頓力學，將古人從傳統的俠義舞臺拉下來在爛泥中打滾，荒謬扯淡至極，充滿人生的悲涼與虛無。

當一個文本不斷被再度創作後，它可解讀的空間就更多了，現在的我們要帶著什麼視野去看〈虯髯客傳〉？角色的目標是統一天下、出將入相，成就一番英雄偉業，這個價值觀我們還信嗎？不信的話，我們要怎麼更深入隋末亂世，不將時代視為少數人的私物？除了英雄傳奇之外，還可以怎麼去思考他們之外的常民？以才子佳人、帝王將相作為素材，怎麼在上面開展更當代的觀點？

或許腦洞大開的二創可以是一條路。比如，虯髯客是假裝愛紅拂，其實愛的是李靖呢？又如果虯髯客因為對紅拂的愛，推展至李靖身上，他對這兩人都是可為之赴死的至愛，那會是多麼大的感情？又如果在漫長的相處中，紅拂發現她慢慢不愛李靖了，但無法放棄因私奔之舉而帶來的種種好處，該如何是好？李靖慢慢不愛紅拂了，但因為虯髯客的關係，他不可能離得了紅拂，那他會怎麼做？又如果這跟愛不愛無關，一切都是權謀鬥爭，李靖計算紅拂、虯髯可以給的利益，紅拂心有大志透過男子取得舞臺，虯髯透過李紅二人操弄天下，再加上老謀深算的李世民，那會是什麼樣的一個故事？

如此一來，這就不只是一個遙遠的、與我們的時代無關的古老故事了。我們一定帶著自己的觀點在跟過去的故事對話，我們對那個時代理解越多，就越知道他們跟我們的差異，我們對自己身上的人性理解越多，就越知道他們跟我們的相同。

註

1. 胡適，〈論短篇小說〉，北京大學演講稿，1918。
2. 金庸，〈三十三劍客圖〉，金庸全集，1970。
3. 耿一偉，《故事創作Tips》，p.11，2014。

問題與討論

一、請將〈虬髯客傳〉排成一齣短劇，不能違背既有的史實（李家得天下），但可加入任何你想討論的元素，有可能是本文所提過的思考觀點，也可加入科幻、男男戀、穿越、武俠、三角虐戀、不同種族設定等等。

二、人能不能同時愛上兩個人？或更多？

三、虬髯客似乎放棄了紅拂、放棄了逐鹿中原，你覺得人要在什麼狀況下才能心甘情願的放棄？你生命中有過類似的經驗嗎？你怎麼處理必須放棄的感受？

四、歷史是由勝利者書寫的，勝者為王，敗者為寇。如果你是一個忠心耿耿的名將，但你的國家比較弱小，你會怎麼辦？

五、金庸曾經想為《三十三劍客圖》的三十三位俠客寫小說，但寫了〈越女劍〉後就停筆，請從三十三位俠客中找一個你喜歡的，為他／她寫一個小故事。

六、試著想像風塵三俠穿越時空到「隋唐高中」，以高中校園為舞臺爭霸，你會怎麼依照原文的線索做出新的角色設定？

一、唐傳奇〈枕中記〉、〈聶隱娘〉、〈李娃傳〉、〈南柯太守傳〉。

二、任渭長《三十三劍客圖》。

三、電視劇《隋唐演義》：https://www.youtube.com/watch?v=ofVGzf_2qzs。

四、耿一偉《故事創作 Tips——32 堂創意課》。

五、王小波《紅拂夜奔——關於有趣》。

六、徐皓峰《逝去的武林》。

第十二課

「鬼腳圖式寫作」的祕密：讀琦君〈髻〉裡

那些寫到的與沒寫到

文／盛浩偉

你曾經玩過「鬼腳圖（ghost leg）」嗎？先畫幾條間隔相同、平行的縱向直線，再在相鄰的直線之間畫上任意數量的橫線；完成之後，選擇任何一條直線上方的端點當作起點，並以下方的端點作為終點。從起點出發，沿著直線前進，唯一的規則，是一旦遇到線與線的交點，就必須轉到另外一條線上，直到抵達終點為止。鬼腳圖最有趣的地方就在於，它不一定很複雜，但即使一開始就看見了整幅圖的全貌，你卻很難預測每個哪個起點會走向哪個終點，除非，你親自沿線走過一遍。

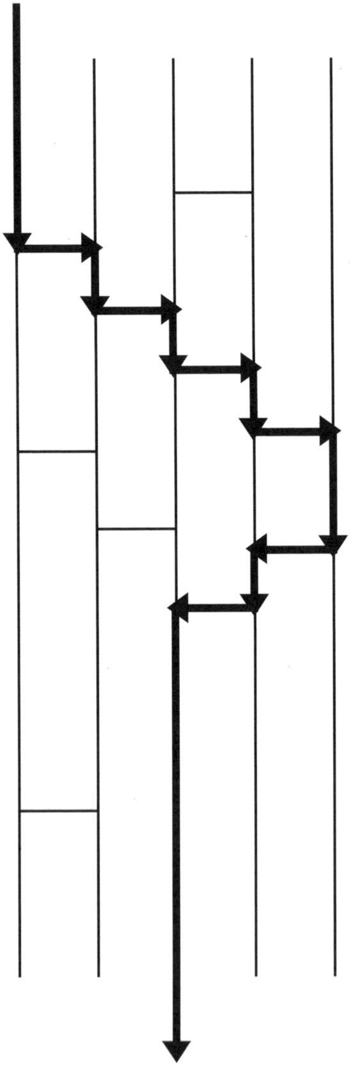

有時候，寫作很像是作者帶著讀者在玩鬼腳圖：現實上可能發生了非常多的事情，但是為了讓文章聚焦、讓意思能更清晰地傳達，作者必須化繁為簡，略去過多的記錄、描寫，與說明。更高明的，則會動用一些修辭技巧，讓精簡的文字能夠承載更多的意涵。不過，這還只是「過程」而已。為了不讓故事的走向太容易預測，為了不讓文章的理路太過想當然耳，作者通常都會在結尾之前安排一個出乎意料（但不至於不合邏輯）的轉折，來增添閱讀的趣味。關於這種寫作方式，我自創了一個概念叫做「鬼腳圖式寫作」。

轉：走在作者安排好的路上

琦君的〈髻〉，其實就是非常符合「鬼腳圖式寫作」的一篇作品。讓我們先來複習一下文章內容：文中先用小女孩之眼看待家中人事流轉——父親帶了姨娘回家，母親因此受到冷落，鬱鬱寡歡，身為女兒的「我」也深刻感受到這份愁緒。然而，文章進入後半段，「我」成長、至外地讀書，漸與母親疏遠，而父親去世後，母親在家中則與姨娘相依為命，往日情仇糾葛彷彿雲散煙消。接著，時間又到了好幾年以後，母親去世，相依為命的變成「我」與姨娘，「我」更在與姨娘的相處中體會到歲月更迭、光陰不復返的悵惘。最後，文章進入尾聲，作者則是以沒有答案的探問，來抒發世事無常帶來的感慨：「這個世界，究竟有什麼是永久的，又有什麼是值得認真的呢？」

為什麼會說這是一種「鬼腳圖式寫作」呢？我認為可以從兩個方面來理解，一個是「轉」，也就是文章的理路如何帶領讀者左拐右彎；另一個是「藏」，也就是在轉彎之後被作者刻意略去不談的事，或者可說是作者在化繁為簡的過程裡被減去的部分——就好像是鬼腳途中你沒有選擇的那些路線。

先來看「轉」。在文章的前兩段，我們首先看到的是母親有一頭「烏亮的好髮」，而且「我」認為這頭漂亮的髮肯定會受到父親的喜愛。但接著，作者就帶我們這些讀者走向第一個轉折——父親回家，卻帶來一個姨娘，而姨娘有著更漂亮的頭髮、更誇張顯眼的髮髻。之後，我們看見的是母親與姨娘兩人的心結（過去一般的賞析也大都強調：「髻」，也就是頭髮的盤結，暗喻著母親與姨娘的心結），以及日常生活中兩人隱隱約約的衝突。可是，正當讀者開始期待母親與姨娘的心結會如何發展的時候，作者又帶我們轉了一個彎——因為父親去世，兩人心結自然化解——但這一轉卻也引出了「我」對歲月流逝的感傷，甚至到最後，作者把整篇文章的結尾停留在「我」內心的感慨，至於前面寫到母親與姨娘的心結、衝突，則恍若過往雲煙。

從母親，到母親與姨娘的心結，到「我」對人世無常的感慨，文章的理路轉了又轉。同時，也在過程中「略去」不少東西，比如說在第一、二段，作者特別強調「頭髮」與「母親」之間的連結，以及「頭髮」對女人來說是如何重要。而姨娘登場之後，作者則幾乎不寫兩人在生活各個層面的互動、瑣事（母親跟姨娘講話的時候，口氣如何呢？兩人平常除了梳頭，沒有別的交集了嗎？甚或，「我」也是女性，那麼「我」梳不梳髮、綁不綁髻呢？又是誰來幫「我」梳髮綁髻的呢？），只專注在描寫母親與姨娘的頭髮與髮髻，把一切現實中的繁複雜多都凝縮至此。也正是這樣子化繁為簡的手續，才讓文章的理路能維持在同一軸線上而不發散，且即使文章內的時間跨度有幾十年，但文字量卻並沒有真的膨脹到幾十年的篇幅那麼多。

藏：找出故意不說的部分

然而，一個真正專業的讀者，不只是要看得懂作者展現出來的部分，更要從中察覺出那些被作者「藏」起來的部分。

過往的賞析強調「髻」暗喻母親與姨娘的「心結」，也有些賞析強調「我」與母親之間的感情。但是，這些說法其實不夠精確，因為他們沒有看到那些「藏」的線索。讓我們重新回到文本，雖然在第一段當中就已經寫到了「髻」——母親的頭髮「一把青絲梳一條又粗又長的辮子，白天盤成了一個螺絲似的尖髻兒」——但在這裡只是輕描淡寫地帶過。「髻」正式被仔細描寫，是在第三段，隨著姨娘的登場而出現：「兩鬢像蟬翼似的遮住一半耳朵，梳向後面，挽一個大大的橫愛司髻，像一隻大蝙蝠撲蓋著她後半個頭」。

這一件小小的事實之所以重要，是因為，讀者通常很容易就被敘事者（也就是文中的「我」）帶著走，甚至跟敘事者的立場同化。如果我們知道了「髻」就是「心結」，又與「我」一樣站在同情母親的立場，那麼我們就會只注意到母親的失寵與可憐，卻容易忽略其實姨娘打從一進門就懷有心結，而且這個心結又大又顯眼。

為什麼姨娘一進家門就有心結？因為，從母親或是「我」的角度來看，心結的產生是因為出現一位強力競爭對手，威脅到現況；這對讀者來說是很好理解的。但是如果轉從姨娘的角度看，以妾的身分踏進這個家中，身分在先天上就已經低人一截，所以她本來就不得不力爭上游、討取丈夫歡心，否則若得不到足夠的庇蔭，就只能過次等的生活。在傳統允許納妾的婚姻制度底下，只有丈夫握有真正支配的權力；妻與妾所競爭的並不是支配的權力，而是一種依附的權力——誰能依附丈夫，誰就能獲得比較高的地位。

這樣的制度，有著深刻的男女不平等。琦君並不是沒有意識到這點，甚至她相當清楚這點，否則就不會寫下：「我已懂得，一把小小黃楊木梳，再也理不清母親心中的愁緒。因為在走廊的那一邊，不時飄來父親和姨娘琅琅的笑語聲。」——「我」之所以無法抒解母親的愁緒，是因為「我」在家中終究也沒有支配的權力，不能讓母親依附。但是，琦君選擇不在這點上做文章或加以批判，只一晃即過，把它藏了起來，這是由於文章理路最後要帶讀者走向作者內心感慨的緣故。

即便如此，我們還是可以從文本找到蛛絲馬跡，看見一些可能性。我認為，〈髻〉這篇文章最創新、最有價值的部分，並不只是因為它以高超的文學技巧表達了傳統家庭中女性因地位不平等而產生的各種糾結，也不只是因為它最後呈現出濃厚的感性。〈髻〉還隱藏了另一個很細微、但很重要的面向，也就是它寫到：「因為自從父親去世以後，母親和姨娘反而成了患難相依的伴侶」，以及「來臺灣以後，姨娘已經成了我唯一的親人，我們住在一起有好幾年」。

不管是傳統或是現代，從小，我們通常先被教導的，都是家的「形式」，比如怎樣的家才是正常的、健全的，或是如何從血緣來判定稱謂、親疏遠近等等。形式固然重要，但過度拘泥於形式，也往往成為束縛，讓我們忽略「家」的核心意義——家，應該是一個人與人可以親密互助的最小群體單位；家人，則應該是可以和他們共存、相依為命的人。——在這層意義上，〈髻〉既寫出了傳統家庭的常態（男女明顯不平等，丈夫可納妾，妻與妾必須競爭依附權等等），卻也打破了傳統家庭的形式，藉由母親與姨娘、姨娘與「我」的「患難相依」來告訴我們，即使不符合形式的要求（有丈夫、有妻、有妾、有子女，彼此的地位有穩固的上下權力關係），只要能彰顯出核心意義，「家」依然是成立的。

寫作與閱讀的拉扯

「髻」，是髮結，也是心結；心結是人與人之間的矛盾，卻也是傳統家庭制度以及造成的必然。

但〈髻〉不只寫出了結，也同時寫出了「解」。第一層，是母親、「我」、姨娘之間的心結隨著時間解開。第二層，隨著心結解開，雖然家的形式缺了父親這一角而崩解，但他們三人卻開始懂得相依為命、開始活出「家」的真正意義。

在「鬼腳圖式寫作」的引導之下，作者意圖讓讀者注意到的是第一個層次。然而，真正專業的讀者，才能從蛛絲馬跡中注意到那些被略去、被隱藏的部分，並且更進一步地看到第二個層次。

從「鬼腳圖式寫作」的角度來看，也或許可以這麼說：寫作的要點，在於利用各種技巧讓讀者確實走在作者安排好的理路上，是一種化繁為簡的精準鋪陳。但閱讀的功夫則是完全相反，要懂得從細微處窺見全貌，既要看到作者想說的，也要學著去看出那些作者故意不說的部分。這兩者時時刻刻在拮抗拉扯，而其中的張力，也正是文學活動的趣味所在。

問題與討論

一、琦君寫下〈髻〉的時間點，已經在姨娘過世之後，但是，在〈髻〉的前半段中，作者化身為小女孩「我」，刻意營造出一種天真的觀點與敘述語氣。例如文中寫到姨娘送母親一對翡翠耳環，母親卻從來不戴的時候，琦君還特地以小女孩的觀點下註解：「我想大概是她捨不得戴吧。」請問，你認為母親不戴翡翠耳環真的是因為「捨不得」嗎？為什麼？

二、承上題，你認為作者刻意採取天真的觀點與敘述語氣，有什麼目的？她想要帶讀者「轉」到哪裡去、又把哪些東西「藏」了起來？提示：也可以將琦君的生平一併納入思考。

三、〈髻〉當中出現了非常多的人物，有「我」、母親、姨娘、五叔婆、張伯母等等，但唯一一位男性，卻只有「父親」，而且對他的描寫也並不深入。請從全文的主題來思考，為什麼文章當中出現的男性這麼少？

一、神小風《百分之九十八的平庸少女》：這本書一方面也是女性題材，而且是當代的女性處境，和〈髻〉時代的女性處境可以對照閱讀。同時，這本也是技巧性很高的散文；並不是說技巧性高就等於不真誠，而是，必須要靠技巧才能讓讀者感受到真誠進而共鳴。如果沒有技巧，只是一股腦地傾倒，那就失去寫作的溝通空間。

二、楊双子《花開時節》：這本書則可以延伸來看，在一九三〇年代的臺灣，當時的傳統價值觀底下的女性處境與奮鬥。

第十三課

情感在動作裡，政治在空白處……

讀〈左忠毅公軼事〉

文／朱宥勳

方苞〈左忠毅公軼事〉

先君子嘗言，鄉先輩左忠毅公視學京畿。一日，風雪嚴寒，從數騎出，微行，入古寺。廡下一生伏案臥，文方成草。公閱畢，即解貂覆生，為掩戶，叩之寺僧，則史公可法也。及試，吏呼名，至史公，公瞿然注視。呈卷，即面署第一；召入，使拜夫人，曰：「吾諸兒碌碌，他日繼吾志事，惟此生耳。」

及左公下廠獄，史朝夕窺獄門外。逆閹防伺甚嚴，雖家僕不得近。久之，聞左公被炮烙，旦夕且死，持五十金，涕泣謀於禁卒，卒感焉！一日，使史公更敝衣草屨，背筐，手長鑱，為除不潔者，引入，微指左公處，則席地倚牆而坐，面額焦爛不可辨，左膝以下，筋骨盡脫矣！史前跪，抱公膝而嗚咽。公辨其聲，而目不可開，乃奮臂以指撥眥，目光如炬。怒曰：「庸奴！此何地也，而汝前來！國家之事，糜爛至此，老夫已矣！汝復輕身而昧大義，天下事誰可支拄者？不速去，無俟姦人構陷，吾今即撲殺汝！」因摸地上刑械，作投擊勢。史噤不敢發聲，趨而出。後常流涕述其事以語人曰：「吾師肺肝，皆鐵石所鑄造也！」

崇禎末，流賊張獻忠出沒蘄、黃、潛、桐間，史公以鳳廬道奉檄守禦，每有警，輒數月不就寢，使將士更休，而自坐幄幕外，擇健卒十人，令二人蹲踞，而背倚之，漏鼓移，則番代。每寒夜起立，振衣裳，甲上冰霜迸落，鏗然有聲。或勸以少休，公曰：「吾上恐負朝廷，下恐愧吾師也。」

史公治兵，往來桐城，必躬造左公第，候太公、太母起居，拜夫人於堂上。

余宗老塗山，左公甥也，與先君子善，謂獄中語乃親得之於史公云。

〈左忠毅公軼事〉可能是國文課本的選文當中，最有「小說感覺」的篇章之一。稍加觀察一下，你會發現這篇文章總共有五個場景：

一、左光斗看到古寺內的史可法。
二、左光斗錄取史可法，寄與厚望。
三、史可法入監探望左光斗，被左斥回。
四、史可法帶兵毫不鬆懈。
五、史可法對左氏家人十分尊重。

五個場景，都利用了一個非常重要的技巧，就是「用動作細節帶出人物的個性與情緒」。這是文學寫作，特別是小說寫作中，很經典的一種寫法。在每一個場景中，作者方苞都沒有直接說出那個景、那個動作代表什麼意思，但這些細節加起來卻能把意念精準傳達給讀者。比如第一個場景裡，左光斗在「風雪嚴寒」的古寺裡，遇到了讀書讀到睡著的史可法，這個場景首先就讓我們知道史可法用功苦讀的狀態。接著，左光斗見到：「廡下一生伏案臥，文方成草。公閱畢，即解貂覆生，為掩戶。」此處的重點在動作的順序，他是先看到史可法的文章（「文方成草」），一篇剛寫完的文章），然後才有後面愛惜史可法的舉動。由此可以側面看出，左光斗不只是看重史可法的勤奮，也是看重他的才華。——如果史可法文章寫得太差，左光斗搞不好就隨便他去冷了。

文章中最令人在意的細節，在第三個場景。從前兩個場景中，我們可以看到左光斗對史可法是愛重有加的。第三個場景一開頭，是史可法想盡辦法要入監探望老師，這也繼續強化了我們「這對師徒感情極佳」的想法。結果沒想到一見到面，左光斗的反應竟然是：「庸奴！此何地也，而汝前來！國家之事，糜爛至此。老夫已矣，汝復輕身而昧大義，天下事誰可支拄者！不速去，無俟姦人構陷，吾今即撲殺汝！」不但大罵史可法一頓，還拿東西丟他、說要殺了他。

方苞在這裡，向我們展示了他精妙的說故事技巧。如果我們要塑造一個有說服力的人物，我們會一直讓他展現出類似的特質（比如《三國演義》裡面的張飛很莽撞），但我們也不能讓人物的表現一成不變——在讀者心裡已經對人物有個明確的形象時，再適時加入變化，反而能讓讀者印象深刻（比如張飛智取嚴顏的橋段，平常沒大腦的人突然聰明了一次）。

第三個場景中的左光斗便是如此。前面先用兩個場景建立師生情感，第三個場景對史可法的怒言相向，就會讓我們感受到左光斗對國家政事的深沈執著，如何超越了個人的情感。

前述師生的感情越好，後面的這個執著的強度就越強。這也是為什麼大部分的讀者讀完〈左忠毅公軼事〉，印象最深的一定是這個場景。

左光斗在哪裡？

而大部分讀者最困惑的，想必也是在第三個場景以後：怎麼接下來突然岔出去講史可法了？左光斗人呢？這不是他的軼事嗎？

事實上，左光斗一直都在。這我們必須把第三、第四、第五這三個場景結合起來看。第三個場景，讓我們知道左光斗對國家政事的執著；第四個場景，則透過熬夜不睡、盔甲冰凍的細節，讓我們看到史可法如何致力於軍事；第五個場景，則告訴我們史可法終身敬重左光斗的家人，即便在忙於軍事（而且不睡覺！）的狀態下，卻還是堅持執禮。

仔細觀察，你就會發現，這其實是一個夾心餅乾的結構。最奇怪的、沒有左光斗出場的第四場，事實上夾在兩個左光斗存在感強烈的場景中間，迂迴地暗示你：史可法的堅強意志從何而來？嗯，當然是從被酷刑折磨，卻猶頑強不屈，忍心把學生趕走，要他專注於國家政事的左光斗而來啊！所以，穿著結冰盔甲的雖然不是左光斗本人，但基本上就是左光斗意志的具現化了——套句日本少年漫畫風格的臺詞，那是「帶著老師的意志一起戰鬥」。

這種手法，就是所謂的「鋪墊」。人類的感官是對比式的，先看到光就能辨識影子，先聽到溫和的音樂才會注意到粗糙的噪音。寫作也是如此。從頭檢視五個場景，你會看到方苞是非常有意識在鋪墊——先是兩個左光斗愛重史可法的場景，才鋪出了第三個斥罵場景的堅忍意志。先鋪出了左光斗堅忍的意志，才墊高了史可法傳承老師意志的深刻情感。這整條結構環環相扣，拿掉任何一個場景就不完整了。

選擇性寫作的技巧

最後，這邊文章還有一個非常困難的地方，是我們必須跳出文章本身才能看到的。那就是方苞作為一個清朝的大臣，要如何描寫明朝末年，曾經與清軍為敵的史可法？這就牽涉到了寫作時的政治考量。而我們可以看到，方苞至少做了兩個機關，來確保自己寫出來的文章不會惹禍上身。

如果你對「史可法」這個人物有點理解，或者先去google這個名字的話，你會發現，他這輩子相關的最著名事件是「揚州十日」。在他的生涯後期，主要是以南明將領的身分，率兵對抗清朝——也就是方苞現在的老闆——最後，在慘烈的揚州防禦戰裡，他城破被俘、拒絕投降而被處死。

我們再回頭讀讀方苞所寫的，與史可法有關的段落。是的，方苞寫到了史可法努力帶兵的場景，以對抗……欸？不是清朝？文章裡寫著：「崇禎末，流賊張獻忠出沒蘄、黃、潛、桐間，史公以鳳廬道奉檄守禦。」你把整篇文章翻爛了，也找不到任何一點談到他抵抗清軍的痕跡。這就是方苞的第一個機關「避重就輕」——史可法有沒有抗清？有。史可法有沒有對抗張獻忠？有。那誰說寫文章要通通寫的，只講半截總可以吧？為保身家安全、或者為了某些理念，寫作者常常會「選擇性地說實話」。

「避重就輕」是一個重要的技巧，因為寫文章一定會剪裁，不可能所有材料都照單全收。但就在剪裁的過程中，作者以什麼為「重」、以什麼為「輕」，就可以看出作者關心什麼、在乎什麼甚至害怕什麼。方苞早年參加過考試，仕途並不順利。但後來因為學問好，被康熙破格任用，擔任皇帝的顧問角色。想像你在他的位置，要下筆寫史可法，心裡大概都會抖兩下吧？這官位可得來不易……所以，他很自然地剪去了史可法抗清的相關段落。你可以再換個位置思考，如果你是一個終身對明朝忠誠的遺老，堅持不在清廷任官，你會怎麼寫史可法？同樣是「避重就輕」，你的輕、重想必不會與方苞相同的。

而第二個機關，比較難發現，那就是雖然在清朝寫明朝的好人好事有點尷尬，但方苞所秉持的價值觀，卻是清朝也會喜歡的，所以可以有驚無險，站在一個安全的位置上。回頭看看方苞所描寫的左光斗、史可法，你會發現，他們之所以被讚揚，是因為他們心懷國事、天下事，是好大臣的典範。方苞筆下的左光斗說：「國家之事，糜爛至此。老夫已矣，汝復輕身而昧大義，天下事誰可支拄者！」史可法則說：「吾上恐負朝廷，下恐愧吾師也。」當然，他們口中的國家、天下、朝廷，應該都是指明朝，而非清朝。但是今天清朝已經統治中國了，為了鞏固政權，它當然也會希望自己的大臣心懷國家、天下、朝廷的「大義」，而能對清廷忠誠。

因此，像方苞這樣的文人，也就找到了一個很巧妙的縫隙，可以說一點自己想說的話而又不得罪當道了。他並不強調左光斗和史可法「對明朝忠誠」，而是強調他們「對國家忠誠」，如此一來，就能從刀鋒邊緣滑過。而對清朝官方來說，這些人早已不成威脅了——方苞一生，都是在康熙、雍正、乾隆三朝度過，清政權十分穩固，且進入了盛世——當然也就能更有「風度」地看待這樣的文章，並且可以冷靜地察覺方苞筆下的價值觀，其實是可以移作清廷官員的榜樣的。甚至到了乾隆年間，史可法還被列入《欽定勝朝殉節諸臣錄》，正式進入官方的榮譽榜了。試想，如果方苞落筆時，是明朝反抗軍還遍地烽火、清朝政府疲於奔命的年代，就……真的有點白目了。那作品和作家的下場可能就會很不一樣了。

情感在動作裡，政治在空白處。作為讀者，我們不只要去看那些眼睛看得到的東西，也要試著去想，那些可能寫但沒有寫或者沒有明著寫卻偷偷藏在縫隙裡面的話語，到底想告訴我們什麼。然後，到了某一天，輪到我們自己面對左右為難的局面時，就會更知道自己該說什麼、該怎麼說話。

問題與討論

一、方苞在文學史上，是「桐城派」的代表作家之一。他主張寫文章要重視「義法」，並這樣定義：「義即《易》之所謂『言有物』也，法即《易》之所謂『言有序』也，義以為經，而法緯之，然後為成體之文。」從〈左忠毅公軼事〉這篇文章來看，你覺得他有做到自己的要求，真的在內容上「言有物」，在形式上「言有序」嗎？

二、方東樹是與方苞同屬於「桐城派」的代表作家。他曾經這樣批評過方苞的文章：「樹讀先生文，嘆其說理之精，持論之篤，沉然默然，紙上如有不可奪之狀，而特怪其文重滯不起，觀之無飛動嫖姚跌宕之勢，誦之無鏗鏘鼓舞抗墜之聲，即而求之無元黃采邑創造奇辭奧句，又好承用舊語。」認為方苞的文章缺乏文學上的美感。從〈左忠毅公軼事〉來看，你同意這樣的評論嗎？為什麼？從哪些段落可以支持你的想法？

三、在〈左忠毅公軼事〉當中，用很鮮明的形象強調了左光斗、史可法對國家政事的執著。但檢視實際發生的歷史事件，你覺得他們的政治或軍事決策是正確的嗎？有執著、有熱血、願意全力以赴，是否必然就有益於大局？請試著搜尋一些資料進行評估。

一、黃仁宇《萬曆十五年》：這是一本文筆流暢的歷史學著作，雖然沒有直接寫到本文中左光斗、史可法的故事，但卻具體分析了明代的國勢何以崩壞至此的遠因。

二、余英時《方以智晚節考》：面對從明朝轉換到清朝的改朝換代之際，當時的知識分子都必須認真思考自我認同、政治理想和個人仕途要如何抉擇的問題。這本書可以讓你更理解〈左忠毅公軼事〉裡的左光斗、史可法，乃至於作者方苞本人，在內心都曾演過的小劇場。

三、莫言《檀香刑》：這是一本以清末為時代背景，描寫中國的「儈子手」的小說。讀了〈左忠毅公軼事〉之後，你或許會對此書所述的各種肉體刑罰、以及刑罰背後的政治意涵更有感覺。

撰文者介紹

楊翠：

臺灣大學歷史學研究所博士，現任東華大學華文文學系副教授。重要著作有散文集《最初的晚霞》、《壓不扁的玫瑰：一位母親的三一八運動事件簿》，傳記文學《永不放棄：楊逵的抵抗、勞動與寫作》，學術論文《日據時期臺灣婦女解放運動》。並與施懿琳、許俊雅合著《臺中縣文學發展史》，與施懿琳合著《彰化縣文學發展史》，與廖振富合著《臺中文學史》。

周偉航（筆名人渣文本）：

輔仁大學哲學系博士，輔仁大學兼任助理教授與網路時論作家，專長為倫理學分析，擁有六個定期專欄與個人型新媒體《渣誌》，並從事線上教學與政治公關工作。

蔡宜文：

清華大學社會所畢業，秘密讀者編輯。專欄作家，以性別領域為主，作品散見於網路媒體，最終目標是想當個能賺錢的網紅。學術專長與個人興趣都是戀愛。有時會沉溺於庸俗老套的情節，小說荒的時候，會將各類新聞當成宮鬥小說來看。

陳茻：

曾任健身指導員。畢業於臺大中文系，其後主要在研究晚明異端思想、儒家經典詮釋學等。已對教育僅剩的一點熱忱，在體制外教室帶學生讀人文經典、探討社會問題。教育上目前最關心的事只有思考。不喜歡當老師，希望自己能一直當個學生，繼續傾聽與學習世上的事物。臉書專頁「地表最強國文課沒有之一」。

黃震南：

讀書、藏書、說書之人。經營「活水來冊房」舊書書話粉絲團。著有《臺灣傳統漢語文學書目新編》（合編）、《取書包上學校：臺灣傳統啟蒙教材》、《臺灣史上最有梗的臺灣史》。

朱家安：

宜蘭人，中正大學哲學碩士，哲學哲學雞蛋糕腦闆，沃草公民學院主編，簡單哲學實驗室共同創辦人，Phedo 臺灣高中哲學教育推廣學會理事。朱家安致力於哲學與批判思考教育，相信哲學思考訓練能提昇公共溝通品質，深化臺灣的民主。

鄭清鴻：

屏東人，臺中教育大學臺灣語文學系學士、臺灣師範大學臺灣語文學系碩士。現為前衛出版社主編、捍衛臺灣文史青年組合成員，曾任永和社區大學臺灣文學課程講師。學術興趣為臺灣文學本土論、文學史研究及本土語文議題。目前將臺灣文學出版與教學當成社會運動努力中。

厭世哲學家：

同名臉書粉絲專頁經營者，目前於高中任教。

瀟湘神：

小說家。臺灣大學哲學所東方組碩士，專長為儒學，著有《臺北城裡妖魔跋扈》、《帝國大學赤雨騷亂》，合著小說接龍《華麗島軼聞：鍵》。關心文化資產、原住民、臺灣民俗等議題，現為臺北地方異聞工作室成員，參與《唯妖論》、《尋妖誌》、「城市邊陲的遁逃者」、「歸鄉：惡魔潛伏之村」、「說妖」等計畫。

史英：

臺大數學系退休，現任職人本教育基金會；森林小學創辦人（之一）。著有《從森林小徑到椰林大道》、《看事情的方法》、《數學想想》等等。致力於「教與學」的研究，推動「有感教室」尋求不同的教學方法。

林蔚昀：

作家、波蘭文譯者。多年來致力在華語界推廣波蘭文學，於二〇一三年獲得波蘭文化部頒發波蘭文化功勳獎章，是首位獲得此項殊榮的臺灣人。關心兒童人權，相信教育是大人小孩共同合作的成果。著有《我媽媽的寄生蟲》、《易鄉人》、《遜媽咪交換日記》（與諶淑婷合著），譯有《鱷魚街》、《如何愛孩子：波蘭兒童人權之父的教育札記》、《人，你有權利》等作。

簡莉穎：

彰化員林人，臺灣舞臺劇編劇，二〇一二年選為表演藝術戲劇類年度風雲人物，二〇一五年兩廳院「藝術基地計畫」駐館藝術家。代表作為《服妖之鑑》、《叛徒馬密可能的回憶錄》、《新社員》，出版有劇本集《春眠》、《新社員》。

盛浩偉：

文學創作者。畢業於臺灣大學臺灣文學研究所，大學唸日文系輔中文系，兩度赴日本東京大學、東北大學交換留學，研究領域則是日治時期的在臺日人漢文學，關注東亞近代的文化交流與文學概念的轉換，希望能跳脫傳統的侷限，從更廣大的歷史變動與視野來認識當代的自己。曾出版散文集《名為我之物》，合著有小說接龍《華麗島軼聞：鍵》、非虛構寫作《終戰那一天》等。

朱宥勳：

文學創作者。畢業於清華大學臺灣文學研究所。曾任文學刊物《秘密讀者》編輯。已出版個人小說集《誤遞》、《堊觀》，評論散文集《學校不敢教的小說》、《只要出問題，小說都能搞定》，長篇小說《暗影》，與黃崇凱共同主編《臺灣七年級小說金典》。目前於鳴人堂、蘋果日報、商周網站、想想論壇等媒體開設專欄。

企劃——「深崛萌」簡介：

由楊翠召集，文學創作者、教師、學者等組成的團隊，未來將有體制內教科書出版計劃，希望翻新現有的國語文教育。

國家圖書館出版品預行編目(CIP)資料

國文開外掛 / 楊翠, 朱宥勳主編 . -- 初版 . --
臺北市 : 奇異果文創, 2018.02
面； 公分 . -- (緣社會 ; 14)
ISBN 978-986-95387-5-6(平裝)

1. 國文科 2. 讀本

836 106024459

緣社會 014

國文開外掛：自從看了這本課本以後……

企劃：深崛萌
主編：楊翠、朱宥勳
撰文：楊翠、人渣文本（周偉航）、蔡宜文、陳茻、活水來冊房（黃震南）、朱家安、鄭清鴻、厭世哲學家、瀟湘神、史英、林蔚昀、簡莉穎、盛浩偉、朱宥勳

封面設計：廖小子
內頁設計：舞籤

總編輯：廖之韻
創意總監：劉定綱
編輯助理：周愛華

法律顧問：林傳哲律師 / 昱昌律師事務所

出版：奇異果文創事業有限公司
地址：台北市大安區羅斯福路三段 193 號 7 樓
電話：(02) 23684068
傳真：(02) 23685303
網址： https://www.facebook.com/kiwifruitstudio
電子信箱：yun2305@ms61.hinet.net

總經銷：紅螞蟻圖書有限公司
地址：台北市內湖區舊宗路二段 121 巷 19 號
電話：(02) 27953656
傳真：(02) 27954100
網址：http://www.e-redant.com

印刷：永光彩色印刷股份有限公司
地址：新北市中和區建三路 9 號
電話：(02) 22237072

初版：2018 年 2 月 1 日
四刷：2019 年 8 月 4 日
ISBN：978-986-95387-5-6
定價：新台幣 320 元

國文開外掛

自從看了這本課本以後

跨領域

威力加強版